騎鵝歷險記

原著／賽爾瑪・拉格洛夫 Selma Lagerlöf
插畫／伊凡・杜克 Yvan Duque
改寫／施養慧

◆導讀◆

名著另一種生命力的展現
——淺談《騎鵝歷險記》的改寫

張子樟（前臺東大學兒童文學研究所所長）

一

何謂改寫?.改寫（Paraphrase）也稱為重述或譯意，是用不同的文字（包括另一種語文）重新敘述一句話。幾乎任何一種文類，都可經由改寫來適應不同程度的讀者的需求。

由於適讀年齡的考量，中外名著常出現不同的改寫本。常逛書店的書呆子往往可以在書架上找到新的改寫版本。

談改寫，許多人立刻想到英國散文家查爾斯・蘭姆（Charles Lamb, 1775-1835）和他的姊姊瑪麗・蘭姆（Mary Lamb, 1764-1847）的《莎士比亞戲劇故事集》（*Tales from Shakespeare*）。他們姊弟把莎士比亞二十部戲劇改寫成敘事體的散文。瑪麗・蘭姆負責喜劇，查爾斯・蘭姆負責悲劇。他們的用字比原書淺顯，刪除部分孩子不宜的情節，但依舊保有原著的韻味，十分不容易。因此，《莎士比亞戲劇故事集》成為改寫的典範，許多西方名著的改寫本也陸續問世，造福不少青年學子，例如：《湯姆歷險記》（*Tom Sawyer*）、《雙城記》（*A Tale of Two Cities*）、《鐘樓怪人》（*Notre Dame de Paris*）等。

半個世紀以來，國內也出現了不少古典名著被改寫成適合中小學生的讀本，如《三國演義》、《封神榜》、《水滸傳》、《西遊記》、《鏡花緣》

等。尤其把童話和小說改寫成繪本的數量之多，更是氾濫成災。嚴重的是，許多小讀者根本不知道它們原來是名著改寫的。

二

《騎鵝歷險記》（*Nils Holgerssons underbara resa genom Sverige*）是一九〇九年諾貝爾文學獎得主塞爾瑪・拉格洛夫（Selma Lagerlöf, 1858-1940）的代表作之一，是一部著名長篇童話小說。她得諾貝爾文學獎另有兩本代表作，但一般世人只要聽到她的名字，馬上聯想到《騎鵝歷險記》，早就忘了她的得獎代表作。

一九〇二年，拉格洛夫受瑞典國家教師聯盟委託，為孩子們編寫一部以故事的形式來介紹地理學、生物學和民俗學等知識的教科書，對此她欣然同意，於是寫出了這一部感人的故事。誠如改寫者施養慧所說的：「《騎鵝歷險記》不再只是給孩子的童話，還是研究瑞典的珍貴史料。」

改寫者施養慧對這部童話經典再熟悉不過了，因為她在兒文所的碩士論文就以它爲研究的唯一文本。說她能把這一部名著的內容倒背如流，顯得有點過分，但她前後細讀它也不知道有多少遍。十多年前，我擔任她的口考委員時，曾當面告訴她，這篇論文的理論部分若要增強引用相關理論時，不妨試試用喬瑟夫．坎伯（Joseph Campbell, 1904-1987）的名著《千面英雄》（*The Hero with a Thousand Faces*）中的啟程（departure）、啟蒙（initiation）和回歸（return）這三種成長過程模式來詮釋。然而，《千面英雄》到了一九四九年才出版，而拉格洛夫卻早已在一九四〇年過世。由此可知，拉格洛夫使用的依舊是傳統童話的模式：「在家、離家、返家」（home-away-home）。

三

關於這本書的改寫過程，施養慧在她的〈我的奇幻旅程——改寫長篇《騎鵝歷險記》〉說得一清二楚，告訴我們她如何取捨、如何增補。她獲得碩士學位後，便一直從事童話創作，也曾得過獎。對於改寫名著，她樂在其中。她的文字絕非字字珠璣，但用字遣詞都能恰到好處，可讀性相當高。相信大小讀者都會樂於閱讀。

改寫《騎鵝歷險記》這件大工程，施養慧花了整整一年多的時間。她強調，整個改寫的主軸在於「它給了孩子渴望與不安的牽引」。整部改寫的過程，就是在突顯這兩種互相牽引的力量如何扭轉主角的未來命運。《騎鵝歷險記》這次的改寫，其實就像是受到她心目中的「神仙教母」——拉格洛夫的牽引。

在書市景氣不甚暢旺的時候，字畝出版社願意出這本書，十分令讀者感動。有心的讀者在細讀這部改寫本時，不妨回頭再熟讀《騎鵝歷險記》原著的完整版本，肯定會喜愛這次的改寫。

◆推薦序◆

拉格洛夫印象記

杜明城（前臺東大學兒童文學研究所教授）

第一次讀《騎鵝歷險記》是在一趟歐洲之旅的航班上，書是隨手從書架上抽出來的。在那之前，對拉格洛夫一無所悉，也不知道是受了哪種魔法的牽引，兩本綠皮的全譯本在初次邂逅後，不僅成為旅途的良伴，也成了終生的難忘。

那時我讀讀停停，時而眺望機窗外的景色，明明不是北歐的航線，卻彷彿受著尼爾斯的牽引，隨著他尋找斯堪地納維亞廣袤的山川水澤。我深慶成為這本不世之作的「選民」，它修正了我從北歐神話中獲得的嚴酷森冷印象，也擴充了安徒生式的童話視野。原來冰寒的塞爾特和斯堪地那維亞，恐怕才是仙精（fairy）的發源地。當地的鄉野傳說似乎是孕育了葉慈（William Yeats, 1865-1939）與史特林堡（August Strindberg, 1849-1912）這類偉大作家靈感之所繫，他們大都師法格林兄弟輯錄民間故事，而拉格洛夫則選擇把耳濡目染的文化傳統直接化為童話小說。

《騎鵝歷險記》的視角是俯瞰式的，主角尼爾斯被懲罰變成小矮人，和拙於飛翔的家鵝馬丁隨著群雁遨遊，開啟了他的啟蒙之旅，令人想起安徒生的童話〈堅定的錫兵〉。然而，安徒生童話中的主角是被動的、悲劇的，拉格洛夫的主人翁則充滿創造力與對生命的好奇。雖然是童話，卻不啻是一幕幕的山川寫實，我們宛如也騎在鵝背上，時而飛上雲天，覽盡湖光與山川壯闊，時而降身於沼澤林野，與動物互動鬥法。不過，拉格洛夫的用心不止於此，她的理想主義色彩映射出走在時代之先的人權與環境議題。

《騎鵝歷險記》不全然是無心插柳的結果，是拉格洛夫應一位校長之邀，以向孩童介紹北歐地理、歷史為由撰寫的作品。這種目的性顯著的題材，若是所託非人，很容易流為平庸的知識性讀物。動物行為學之父勞倫茲（Konrad Zacharias Lorenz, 1903-1989）極為推崇拉格洛夫，也公開表明深受她啟發。他的知名作品《所羅門王的指環》（*King Solomon's Ring*），既是生物科普文學的傑作，也與《騎鵝歷險記》比肩成為兒童文學的經典。《叢林奇談》的英國作家吉卜林（Rudyard Kipling, 1865-1936）早拉格洛夫兩年獲得諾貝爾文學獎，兩部動物文學名著相互輝映，但後者常以作品中表現的軍國主義與白人優越飽受批評，而前者則以終身奉行的人道精神永被尊崇。

瑞典第一項國家級的兒童文學獎，並不以這第一位榮獲諾貝爾文學獎的女性作家為名，而是以「尼爾斯文學獎」為名，這意味著《騎鵝歷險記》是何等的深入人心，竟能成為瑞典國民心靈的共識，單是作者的名字已經不足以表達瑞典人對她的愛戴。

和許多傑出的童話作家相似，拉格洛夫是天生的說書人，這稟賦來自她的家族，任何鄉野傳說到了他們筆下、口中，都能令讀者與聽眾立刻進入敘事的語境，宛如置身其中。《騎鵝歷險記》的場景在瑞典，主要角色當然是形形色色的北方動物，拉格洛夫的描寫唯妙唯肖的掌握了牠們的形貌、舉止與性情，不著痕跡的融合了童話與小說的特性。〈鶴舞大會〉是最令我印象深刻的一章，各種動物的出場與描繪，讓我想到《鏡花緣》第一回百鳥獻瑞的一幕，令人莞爾。

拉格洛夫的諾貝爾文學獎得獎感言別開生面，至今仍是箇中名篇。她想像一段與亡父的對話，先告訴亡父自己背負了很大的債務，讓生前落魄的父親大吃一驚。接著，她娓娓道出，她虧欠的對象包括：從小就愛上的童話與英雄故事、貧苦的流浪藝人、祖父母口述的精靈傳說、種種山川生靈、出色的瑞典、挪威與俄羅斯作家、以及大大小小的讀者……拉格洛夫讓兒童文學一舉登上文學的至高殿堂，她誠摯的感言，也揭示了創作的靈感是各種元素的因緣際會，對於作家自我期許的建言也就呼之欲出了。

知道施養慧正在改寫這部書時，我先是驚訝，繼而釋然。首先，名著的改寫絕難討好，而《騎鵝歷險記》是散文故事體，通篇緊湊動人，我們既不該逾越，也不可能超越。它既不像蘭姆姊弟以散文體改寫莎劇，也不是法瓊（Eleanor Farjeon, 1881-1965）重述韻文體的《坎特伯利故事》（*The Canterbury Tales*），那改寫的必要何在呢？然而，與施養慧相識越久，越知道她對拉格洛夫癡迷的程度。施養慧的《338號養寵物》和《小青》都是我喜歡的作品，表現她一貫關懷動物中的弱勢，後者更隱隱約約浮現《騎鵝歷險記》的影子，本書由她改寫，自是順理成章，她的自序也為改寫的理由釋疑了。果然，她的精簡版，充分表現對原著的敬意。我想到在翻譯界廣為人知的自我調侃：「最上乘的翻譯在於讓讀者覺得譯者什麼事也沒做！」就此而論，施養慧的筆調可謂信達兼備了。

◆新版指南◆

我的奇妙旅程——改寫長篇《騎鵝歷險記》

施養慧

在茫茫書海裡，可以跟《騎鵝歷險記》相遇，是一段奇妙的緣分。從兒時卡通片的初相遇，到研究所的驚喜重逢，繼而開始了文本研究。畢業後投入童話創作，經過十幾年的寫作訓練，終於又回到了《騎鵝歷險記》。

從八百字故事改寫開始，接著是橋梁書的出版，一連串的奇遇，包括寫作與旅居歐洲的經驗，一切的一切，彷彿都是為了改寫長篇的《騎鵝歷險記》做準備，這是我的一段奇妙旅程，也是畢生的榮幸。

《騎鵝歷險記》之所以迷人，是它給了孩子「渴望與不安的牽引」，它滿足孩子對「飛行」、「離家」，還有「與動物溝通」的渴望；孩子們也因為尼爾斯「成為異類」和「失去雙親的保護」而感到不安，這兩股渴望與不安的力量牽引著讀者，讓他們一步步走入故事。

當讀者越深入了解故事，就越被拉格洛夫的深情給感動。她是那麼竭盡所能的想將一切都教給孩子，除了叮嚀我們「要做個對得起良心的人」，還談到了孤獨死、寵物遺棄、填湖造陸、森林火災與蟲害等議題。百年後的今日，這些都成了當今顯學。她甚至還塑造了成人與兒童的對照組，告訴孩子們：「大人不一定堅強，孩子不一定脆弱。」

尼爾斯是我終生的摯友，拉格洛夫是我的神仙教母，他們指引我走向童話的道路，還給了我不一樣的天空。我的天空看得到雁陣，聽得到雁鳴，還聞得到泥土的芳香。《騎鵝歷險記》讓我仰望天際時，多了一份想望，永遠追尋那個騎鵝的身影。我經常想：「每個瑞典人都讀過這樣一本好書，這是怎樣的一個國家？」

《騎鵝歷險記》讓童話到達一個前所未有的高度，成為歷久彌新的經典。經典雖然永不褪色，但是譯本會，語言會隨著時代而改變，這也是本書存在的理由。針對此次改寫，本書有幾項作法：

聚焦三位角色的英雄之旅

此次改寫是以坎伯的英雄之旅為主軸，將書中三位要角介紹給讀者，告訴大家《騎鵝歷險記》不只是尼爾斯個人的英雄之旅，還包括馬丁與奧

薩，是三個角色的英雄之旅。

尼爾斯的英雄之旅最為完整，他歷經召喚，遭受超自然助力小矮人的施法，變小的他跨越門檻，得了盟友馬丁，遇到神仙教母阿卡與智者巴塔基，旅程的獎賞是得知藏寶處與得到奧薩的認同，最終回歸。

馬丁也歷經召喚，變小的尼爾斯是他的超自然助力，飛上天那一剎那，他便跨越了門檻，走向試煉之路，他的獎賞是覓得良緣，最終圓滿回家。

奧薩是書中最耀眼，也是最被忽視的珍珠。當年瑞典有多人死於肺結核，奧薩在聽了一場有關肺結核的演講後，便帶著弟弟徒步尋找逃家的父親，姊弟倆一邊尋親，一邊推廣預防肺結核的知識。

拉格洛夫藉由奧薩離家／返家的情節，讓她步上英雄之旅，又透過男女主角的幾番偶遇來推動情節。奧薩不僅是北歐堅毅女性的代表，更是童話作品中難得一見的女英雄。

刪減合併與篇名

本次改寫意在去蕪存菁，在不影響情節發展的前提下，將某些冗長的章節予以合併或刪除，將原著的五十五章改為四十章。

為了幫助讀者融入故事，某些篇章直接用主要角色來命名。還有，原著第九章〈卡爾斯克魯納〉是瑞典著名的軍港，但這個名字對小讀者過於陌生，文中既已提到該城背景，便將篇名改為具有魔幻色彩的〈兩個影子三個人〉，畢竟月下追逐的場景才是本章亮點。〈鬼園丁〉、〈老馬識途〉、〈熊口求生〉，都是想藉由更吸睛的篇名，來降低孩子們對長篇作品的恐懼。

人物形象與譯名

變小之後的尼爾斯，身高大約只有成人的拇指高，不到一個「橫過來」的巴掌大，馬丁向雁鵝介紹他時，就直呼他為大拇指。至於他的穿著，原著幾次提到他「身穿黃皮褲、綠背心，頭戴白色尖頂帽」，本次改寫也力求忠於原著，呈現拉格洛夫心中的尼爾斯*。

白鵝Mårten在卡通片裡叫「夢天」，這名字表達了白鵝對飛行的渴望，但這畢竟是北歐的故事，中式的夢天就顯得格格不入。瑞典有個聖馬丁節，當天要吃烤鵝大餐，他們的鵝多半叫馬丁，因此，此鵝也得喚馬

*編按：本書插畫，尼爾斯的衣著色彩有別於原著的安排，係屬插畫家的再創作，賦予尼爾斯色彩鮮明的形象。

丁。原著經常用大白鵝來稱呼他，但他跟尼爾斯「白天同飛，夜裡同寢」，在尼爾斯的眼中，絕對不只是一隻大白鵝。本書除了剛開始的介紹外，均直呼其名，以凸顯他第一男配角的地位。

將尼爾斯變小的超自然生物為Tomten，坊間有小矮人、小精靈、小狐仙與小土地神等譯法。台英公司曾經出版《*Gnomes*》，由林良等四位譯者翻譯為《小矮人》，書中提到小矮人的瑞典語為Tomtebisse or Nisse，並提及有住在農舍、花園、森林等的矮人，他們有夜明眼，交通工具有雁鵝、白鸛……因此，本書毫無懸念的選擇了「小矮人」。

此外，拉普蘭是指芬蘭、瑞典與挪威北部的區域，居住在此的原住民以前統稱為「拉普人」或「拉普蘭人」，隨著尊重少數民族觀念的興起，在本書已經正名為「薩米人」。

旅行地圖與現代比喻

既是旅程，怎麼可以沒有地圖？本書附有尼爾斯的旅行地圖，希望讀者透過這幅珍貴的地圖，跟著尼爾斯一起去旅行。

此處特別提出的是，某些地圖將厄蘭島譯為奧蘭島，其實二者並不相同。原著十二章提到像蝴蝶軀幹的是厄蘭島Öland，位於哥特蘭島左邊；至於奧蘭島Åland則位於哥特蘭島的右上角，波羅的海與波的尼亞灣的入口，自一九二〇年已成為芬蘭的自治區。

本書還選擇了一些貼近現代的比喻，如馬丁第一次飛行時筋疲力竭，便說他有心無力，像一架油料耗盡的飛機；將厚嘴唇的銅像，形容成近年流行的「香腸嘴」；當海面光滑如鏡，海上天上都是雲，翱翔其間宛如置身「飄著白雲的萬花筒」……

綜觀上述四點，不外乎想做出一部最貼近現代的版本，希望孩子們不只認識它，還能打從心底的喜歡它。

但願讀完本書的孩子，除了知道《騎鵝歷險記》是瑞典的作品外，還可以說出瑞典的南邊有很多耕地和牧場，種了很多黑麥和苜蓿；北邊多半是森林跟礦區，住在拉普蘭的原住民叫薩米人。瑞典的植物有山毛櫸、樺樹、杉樹……動物有雁鵝、白鵝、天鵝、貓頭鷹、白鸛、烏鴉、老鷹、松鼠、狐狸、水獺、駝鹿、馴鹿、綠頭鴨跟灰熊……渡鴉很聰明，游蛇是無毒的。

瑞典還有很多教堂和傳說，陶肯湖是著名的鳥湖，首都在斯德哥爾摩，附近的斯康森有個露天博物館，聽到卡爾斯克魯納，會想起那裡不但停了很多軍艦，還有個香腸嘴的銅像。

最後，我希望讀過《騎鵝歷險記》的孩子們牢記，走在春天結冰的湖面是危險的；知道鵝是素食動物，鴨子才是雜食動物。還有，從這一刻開始，你們已經擁有不一樣的天空。

◆前言◆

魔法的力量

施養慧

《騎鵝歷險記》是一本神奇的書，它不僅讓我感受到魔法的力量，拉格洛夫更透過此次改寫，對我施展了一次穿越時空的寫作指導。

賽爾瑪．拉格洛夫被瑞典譽為「祖國的善良仙女」，她讓我們在百年後的今日，還能透過《騎鵝歷險記》見識到魔法的力量。

《騎鵝歷險記》從一九〇六年出版，至今已有五十幾種語言的翻譯本，尼爾斯．霍格森這個從墨水瓶出生的人物，早已騎鵝飛出瑞典。他隨著時光的氣流盤旋，藉由歲月的軌跡導航，飛進不同國度、不同世代的孩童心中。這些孩子長大後，在各自領域發光，《長襪子皮皮》與《姆米谷》的作者，就分別得過「賽爾瑪．拉格洛夫獎」及「尼爾斯．霍格森獎章」。

大江健三郎與康拉德．勞倫茲兩位諾貝爾獎得主，也分別提過《騎鵝歷險記》對他們的影響，前者提到《騎鵝歷險記》指引他文學的方向，後者則成了著名的動物行為學之父。

二〇〇四年瑞典電視臺用輕型飛機從尼爾斯的家鄉出發，沿著雁鵝旅行的路線，航行瑞典一周，並在二〇〇六年，亦即《騎鵝歷險記》出版一百年，做了瑞典百年變遷的系列報導。《騎鵝歷險記》已經不再只是給孩子的童話，還是研究瑞典的珍貴史料。

法國鳥人克里斯提安・穆萊克（Christian Moullec, 1960-）原為氣象學家，自從他發現候鳥的遷徙路線危機四伏後，便開始孵育野雁，再用輕航機帶著他們飛一趟安全的路線。這項計畫從一九九五年持續至今，根據他改編的電影《迷雁返家路》（*Spread Your Wings*）也於二〇二〇年上映，片中男孩對陌生女孩說他叫「尼爾斯・霍格森」，便是對《騎鵝歷險記》的致敬。

拉格洛夫必定是有魔法的。要不是魔法，在那個沒有網路與導航的年代，終生跛行的她如何上山下海蒐集資料？要不是魔法，《騎鵝歷險記》如何能在今日還擁有如此的影響力？而這一切的起點，都只是為了孩子。

拉格洛夫當年受瑞典教師聯盟委託，為小學生撰寫地理教材。她跋山涉水蒐集資料，花了五年才完成上下兩冊，長達五十五個章節的巨著。

她讓變成小人兒的尼爾斯騎鵝去旅行，從南到北再由北到南，環遊瑞典一周。隨著旅程帶出瑞典的自然風光、宗教信仰、歷史、神話與傳說；

透過尼爾斯與動物的互動，彰顯物種的多樣性與生態保育觀念。拉格洛夫藉由故事闡述她對國家的熱愛、對人類與自然的關懷，最重要的是她教給孩子樂觀積極的精神，與「有所為、有所不為」的處事態度。

《騎鵝歷險記》甫出版就獲得熱烈回響，讓拉格洛夫的聲望到達顛峰，成為第一位獲得諾貝爾文學獎的女作家，肖像還被印在瑞典的紙幣上。由於《騎鵝歷險記》盛名遠播，反而讓人忽略了她得獎的代表作《耶路撒冷》（*Jerusalem*，卷一《達拉納》、卷二《聖地》）。

拉格洛夫施展的魔法，是給孩子**兩次視線的轉換**。她透過變小的尼爾斯，將讀者的視線拉低，讓孩子以動物的角度看世界，進而感同身受，心生憐憫；再隨著雁鵝翱翔的高度，讓孩子俯瞰壯闊山河，感受大自然的氣象萬千，因而心生敬畏。

無論上天或下地，兩次視線的轉換，都讓孩子明白，人類只是渺小的存在，是大自然的一部分，我們應該更謙虛的面對地球萬物。時至今日，這個觀念依然鏗鏘有力且歷久彌新。

拉格洛夫獲獎後，運用她的名聲為瑞典女性爭取選舉權；在蘇聯入侵芬蘭時，為芬蘭籌措經費；更從納粹手中，救出一對猶太作家母女，儼然就是她筆下勇敢正直的阿卡。

拉格洛夫其人其書都得到讀者的仰視，都值得我們認識。而我們也深信，善良仙女的魔法，將在人間永遠閃耀著璀璨的光芒。

目錄

1. 尼爾斯

三月二十日　星期日

從前，在瑞典的南部，有個男孩叫尼爾斯．霍格森，十四歲的他瘦瘦高高的，有著淡黃色的頭髮，最拿手的是吃飯睡覺，接著就是調皮搗蛋。

星期天早晨，爸爸媽媽準備去上教堂，尼爾斯一邊看著他們，一邊想著：「等他們一出門，我就把獵槍拿出來玩。」

眼看爸爸都走到門口了，竟然又回頭說：「你不想跟我們去教堂，至少也要讀點聖經。」

「沒問題！」尼爾斯爽快的說，心裡卻想著：「反正我愛讀多少就讀多少。」

媽媽馬上拿出《路德講道集》，告訴他要讀的範圍。尼爾斯從沒見過媽媽的身手這麼俐落。

「認真讀！回來後我要一頁一頁的考你。你如果偷懶，就有苦頭吃的。」爸爸說。「有十四頁半呢！」媽媽又說：「快點開始讀吧！」

尼爾斯站在門口目送他們，覺得自己好像一隻籠中鳥，「這下可好了！他們高高興興的出門，卻用這種方法困住我。」

其實，爸爸媽媽的心情可不像外面的天氣那般晴朗，而尼爾斯正是他們煩惱的來源。他們是個窮苦的農家，剛搬來的時候，只養得起一頭豬跟幾隻雞。經過一番努力，終於又養了三頭乳牛跟一群鵝。眼看著一切都在好轉，尼爾斯卻絲毫沒有一點長進。

爸爸頭痛的是他的懶惰散漫，又不愛讀書，就連讓他放鵝都靠不住；媽媽在意的是他的粗魯、沒教養，還喜歡欺負動物。「希望上帝幫幫尼爾斯，讓他改過向善。」媽媽祈禱著：「不然，他不但會毀了自己，還會為我們帶來災難。」

尼爾斯發呆一陣子，終於決定好好的讀書。他坐在有靠背的大椅子上，念著念著，聲音越來越小，頭也越來越低。

窗外風光明媚，雖然才三月二十日，斯科納南部的西威門赫格教區已經春意盎然。樹木雖然還沒完全轉綠，卻已經發出嫩芽，空中飄著淡淡清香，溝裡的積雪也已經融化，潺潺溪水輕快的唱著歌。開著紫色小花的灌木叢錯落有致的長在石牆上，遠處的山毛櫸一天比一天更茂密，四周一片欣欣向榮。

晴朗無雲的天空讓人心曠神怡，尼爾斯家大門半掩，屋外傳來雲雀婉轉的歌聲，雞跟鵝在院裡悠閒的散步，乳牛聞到春天的氣息，哞哞叫著。

「不行，我不能睡……」尼爾斯努力撐開眼睛，卻擋不住濃濃睡意。

不知道睡了多久，他被一陣窸窸窣窣的聲響給吵醒了。窗臺上有一面正對著他的小鏡子，從鏡子裡可以看到整個房間。尼爾斯才張開眼，就從鏡子裡看到媽媽的箱子被打開了。

那個包著鐵皮的大木箱，只有媽媽可以碰。裡面藏著她從娘家繼承來的遺物，還有她最心愛的服飾跟配件，雖然不是什麼名貴的東西，卻是她的寶貝。尼爾斯從鏡子裡看得一清二楚。箱子打開了，媽媽不可能這麼粗心，難道有小偷進來了？尼爾斯不敢亂動，兩隻眼睛直直的盯著鏡子。

看著看著，有個黑影落在箱子的邊緣，他簡直不敢相信自己的眼睛，有個小矮人就跨坐在箱子上！

他聽過小矮人的傳說，但從沒想過會這麼小，不到一個橫過來的手掌高，大概跟成人的大拇指一樣高。小矮人沒有鬍子，滿臉的皺紋，穿著黑色外套、齊膝短褲，還戴著一頂寬邊的黑帽子。領口跟袖口都鑲著花邊，鞋子和襪子也都打著蝴蝶結，是個體面的小老頭。他從箱子裡拿出一條繡花手帕，聚精會神的欣賞著。

尼爾斯冷靜下來後，便打起了壞主意。他環顧四周，發現一樣好東西，便躡手躡腳的拿起牆上的捕蟲網，一個箭步衝上去扣住矮人。

「運氣真好！」他甩了甩網子，將矮人困在網底。

小矮人苦苦哀求，說這些年為尼爾斯家做了多少好事，如果尼爾斯放了他，他會給尼爾斯一枚金幣和銀幣，外加一把精緻可愛的銀湯匙。

尼爾斯一口就答應了，他把捕蟲網朝上，看著小矮人慢慢的往上爬，看著看著，心想：「這也太便宜他了。」隨手一晃，想把矮人甩下去。

「啪！」尼爾斯挨了一記大耳光，腦袋轟的一聲，整個人往牆上撞去，再撞上另一面牆，最後重重的摔在地上，失去知覺。

當他醒來後，小矮人已經不見了。箱子蓋好了，捕蟲網也掛在牆上，要不是挨了耳光的臉頰還火辣辣的，他會以為自己作了一場夢。

「爸爸媽媽一定不會相信剛才發生的事，我還是趕快坐下來好好的讀吧！」他朝桌子走去，「咦？這是怎麼回事？」房子變得好大，東西變得好遠。他先爬上椅子的橫條，再攀著扶手爬上桌子，「一定是小矮人對房子施了法術。」

一切都很不尋常，《路德講道集》還好好的攤在桌上，但是他要站到書上，才能看清楚上面的文字。他讀了兩三行，抬頭一看，鏡子裡又出現了一個穿著黃皮褲、綠背心，頭戴白色尖頂帽的小人兒。

「竟然穿得跟我一模一樣！」尼爾斯嚇得握緊拳頭，鏡中的小人兒也跟著握緊拳頭。接下來，無論他是拉頭髮或是揮拳、踢腿，鏡中的小人兒也一一照做。他不信邪，又跑了幾圈，結果越跑越驚恐，「原來不是房子變大了，是我變小了。」

2. 馬丁

「不可能！一定是我眼花了。」尼爾斯緊閉雙眼等了片刻，再緩緩的張開。

鏡中的自己跟以前一模一樣，只是變成迷你版——只有一個拇指大的尼爾斯。

他急著跳下桌子尋找小矮人，櫃子後面、床舖底下跟爐灶後頭通通都找遍了，他甚至還鑽進三個老鼠洞，小矮人卻連個影子都沒有。

尼爾斯越來越心慌，他邊跑邊哭，哭著請矮人原諒，說只要他可以變回原來的樣子，他一定重新做人，一定說話算話，不再調皮，也會乖乖讀書。但無論他怎麼懇求、發誓，一切都太遲了。

他想起媽媽曾經說過，小矮人都住在牛舍裡，便往門口跑去。「還好門是打開的，不然我怎麼推得動？」剛跨過門檻，他就發現一雙小木鞋，小矮人竟然連他的鞋子都變小了。

尼爾斯更不安了，這不擺明了是特地為他準備的嗎？

門外有隻麻雀在樹上跳來跳去，麻雀一看到尼爾斯就叫著：「啾！啾啾！快來看喔！尼爾斯變成小人兒了！尼爾斯變成小人兒了！」

院子裡的雞和鵝馬上轉頭看著尼爾斯，「咯！咯咯！」的叫著笑著，亂轟轟的吵成一片。

「喔！喔喔！」公雞叫著：「活該！活該！誰叫他扯我的雞冠！」

「報應喔！報應！」母雞咕咕的叫著。

鵝聚在一起，伸長脖子問：「是誰把他變小的？是誰幹的好事？」

尼爾斯想不到自己竟然聽得懂動物的話，呆呆的站在臺階上。「可能是我變成小人兒的緣故吧！」他自言自語的說：「一定是這樣。」

「哈哈！活該！他活該！」那些雞沒完沒了的叫著，尼爾斯忍無可忍，扔了一塊石頭過去說：「閉嘴！你們這些混蛋。」

他忘了自己的模樣，這些小動物已經不再怕他了。所有的雞全部衝過來，對他又啄又叫的，因為過於興奮，還高八度的喊著：「活該！報應！」尼爾斯的耳朵差點聾了，要不是家裡那隻貓走出來，他肯定逃不掉的。母雞見到貓全都閉嘴了，低著頭假裝在找蟲吃。

尼爾斯跑過去說：「親愛的貓咪，你對每個角落都很熟悉吧！請告訴我，小矮人在哪裡？」

貓咪優雅的坐下來，再將尾巴甩到前面盤成一圈，默默的看著尼爾斯。牠的胸前有一片領巾似的白花紋，光滑柔軟的毛在陽光下閃閃發亮，兩隻眼睛瞇成一條線，看起來很溫柔。

「我當然知道矮人在哪裡，但我為什麼要告訴你？」

「你沒看見他把我變成什麼樣子嗎？」

貓咪突然張大眼睛，射出一道寒光說：「幫你？難道是要謝謝你經常抓我的尾巴嗎？」

尼爾斯受夠了他的裝模作樣，叫著撲過去說：「怎樣？我還要抓呢！」貓咪兩耳朝後，伸腿拱腰，全身的毛都豎了起來，呲牙裂嘴的向尼爾斯咆哮著。

「我可不是被嚇大的！」尼爾斯擺出嚇人的姿勢，往前走了一步。貓咪馬上一個虎躍撲倒了尼爾斯，把爪子直接刺進他的肉裡，尼爾斯痛得大叫：「救命啊！救命啊！」

尼爾斯看著猛虎一樣的貓咪，絕望的想著：「完了！」貓咪冷冷的盯了他一會兒，才收回爪子說：「看在你媽的份上，我就饒了你這一次。」

尼爾斯起身後，二話不說，就往牛舍跑去。

「哞！哞！報應啊！」牛舍裡只有三頭牛，卻吵得像三十頭。

「來！你來！你過來讓我狠狠的踹一腳。」那頭叫五月玫瑰的母牛，鼻子噴著氣說。

「過來！我也要讓你嘗嘗被揍的滋味。」金百合揚起牛角說。

「竟然把馬蜂塞進我的耳朵！混蛋！」小星星大吼：「你給我過來！」

三頭乳牛爭先恐後的叫著，年紀最大的五月玫瑰說：「臭小子，你說，你多少次趁媽媽擠奶的時候，抽走她的板凳？又有多少次故意絆倒她，讓她打翻桶子？你真是壞透了！你知道她被你氣哭多少次嗎？」

五月玫瑰越說越憤怒，氣得兩眼通紅。原本想認錯的尼爾斯根本沒機會開口，只能在她發狂前趕快逃走。

尼爾斯越來越清楚，家裡的動物是不會幫他的。即使找到了小矮人，也不見得有用。他走出牛舍，爬上石牆，坐下來想著：「如果一輩子都這樣怎麼辦？爸爸媽媽回來後一定會很驚訝。不！全國都會很驚訝，大家會把我當成怪物，爸爸媽媽還可能把我拿去展覽。」

他越想越害怕，越想越覺得自己不幸，他不能夠再跟別的孩子玩了，將來也不能繼承爸爸的農莊……還有，誰願意嫁給一個怪物呢？

他仔細的看著自己的家，雖然只是一間小小的農舍，耕地也小得可以，但對他來說，這已經夠好了。現在的他只要在牛舍裡挖個洞，就可以容身了。

他的心情無比的沉重，偏偏天氣卻好極了，流水淙淙作響，枝頭小鳥在歡唱，世界是那麼的美好，只有他最不幸。

他從沒見過這麼湛藍的天空，成群結隊的候鳥從空中飛過。他們剛從國外回來，準備往北飛，下次再看到他們，就是秋天了。在各種鳥類中，他只認得人字形的雁陣。他們一群又一群的飛過，尼爾斯隱約聽到他們叫著：「飛向高山！飛向高山！」

雁鵝還故意俯衝下來，對著院子的家鵝喊道：「來吧！我們一起飛向高山吧！」

「我們過得很好！過得很好！」家鵝不甘示弱的大叫。

成群結隊呼嘯而過的雁鵝，惹得地上的家鵝蠢蠢欲動，一隻老鵝說：「別傻了！跟著他們一定挨餓受凍。」

野雁的聲聲呼喚讓一隻年輕的公鵝心動了，他是尼爾斯家的馬丁，馬丁望著天空想：「再來一群，我就跟他們一起去。」

「一起來吧！一起飛向高山吧！」又有一群野雁叫著飛來。

「等等我！等等我！」馬丁邊跑邊叫，拚命的鼓動翅膀。但他才剛離開地面，就馬上掉下來。

雁鵝聽到他的聲音，竟掉過頭來等他，並且大聲的呼喚著：「一起來吧！一起飛向高山吧！」

「我馬上來！馬上來！」馬丁掙扎著起飛。

「不能讓他走！」尼爾斯從牆上跳下來，衝去摟住大白鵝的脖子說：「不行！你不能走！」

就在這一瞬間，馬丁突然騰空而起，帶著尼爾斯飛向天空。

尼爾斯跟著驟然拔高，在一陣頭暈目眩後，想放手已經來不及了。他們已經飛得很高，想活命也只能緊緊的抓住馬丁，他費了九牛二虎之力，才坐到馬丁的頸背上。

滑溜溜的鵝背，再加上鼓動的翅膀，騎鵝可不是件容易的事！尼爾斯死命的抓住馬丁的羽毛，深怕一個不小心摔下去就完了。

3. 拼布

強勁的氣流吹得尼爾斯暈頭轉向，馬丁搧翅的聲音近在咫尺，再加上身旁的十三隻大雁，一邊鼓動翅膀一邊高聲鳴叫，吵得他分不清楚東西南北。

好不容易，他終於清醒了一點，他很想知道自己身在何處，卻又不敢往下看。過了片刻，才終於鼓起勇氣，偷偷的朝下方的地面瞄了一眼。

「這是哪裡啊？」地上布滿大大小小的方格子，有長方形、正方形，也有斜方的，像是媽媽手作的拼布，「地上怎麼會有一大塊拼布？」尼爾斯喃喃自語。

「是耕地和牧場！耕地和牧場！」身旁的雁鵝叫道。

原來那塊大拼布是斯科納平原，那些大小不一的方格子，綠色的是黑麥田、褐色的是苜蓿、黑色的是休耕地，褐色方塊是山毛櫸樹林，還有灰色的是大莊園……

「原來從高空看地面這麼有趣。」

尼爾斯才剛揚起嘴角，馬上又嘆口氣想：「唉！發生這麼可怕的事情，你怎麼還笑得出來？」

他剛罵完自己，又被候鳥的叫聲吸引住了。

「這裡叫什麼？」天上的候鳥低頭問道。

「這裡叫『吃不飽』！『吃不飽』！」農莊的公雞伸長脖子回答。

「這裡叫什麼？」「這裡叫什麼？」

「這裡叫『蛋山』……叫『金錢村……』」

雁鵝沿途發問，多嘴的公雞總是搶著回答，尼爾斯聽著他們一問一答，突然聽到：「這裡是約伯亞糖廠！」

「我早該認出來的！」尼爾斯看著高聳的煙囪和熟悉的建築物，去年他還在這裡放鵝呢！

「奧薩跟她弟弟現在不知道怎麼樣了？他們如果看到我從空中飛過，不知道會說什麼？」

雁鵝飛離糖廠，又橫過湖泊，經過修道院，尼爾斯從出生到現在，就屬今天看到的景色最多。

雁鵝除了跟地上的動物說話，還喜歡戲弄家鵝，不是要教他們如何飛行，就是像轟炸機般，突然衝入鵝群，再猛然拔高，嚇得家鵝嘎嘎大叫：「你們都該被槍殺！你們都該被槍殺！」

尼爾斯忍不住哈哈大笑，笑著笑著，又嗚嗚的哭了起來。

他就這樣又哭又笑的體驗他的第一次飛行。

儘管尼爾斯曾經騎牛奔跑，但那種感覺遠遠比不上飛行，飛行帶給他意想不到的愜意與快感。

清涼的氣流拂面而過，地上傳來陣陣泥土與樹脂的芳香，讓他暫時擺脫了煩惱與憂愁，帶著他飛向一個嶄新的世界。

4. 結盟

馬丁跟著雁群的速度搧動翅膀，隨著節奏一同起伏震盪的，還有他那顆熱血澎湃的心。

這是他的第一次飛行，他終於憑著一己之力飛上天空，他終於知道從空中俯瞰地面是什麼景象。當他居高臨下看著農莊的家禽時，心裡閃過的是一絲驕傲。

可是，不論他有多驕傲，到了傍晚的時候，他還是累到說不出話來了。他努力的深呼吸，加速的拍動翅膀，卻明顯的落後了。

「阿卡！阿卡！」飛在隊伍尾端的雁鵝叫著。

「什麼事？」領頭雁說。

「白鵝落後了，白鵝落後了。」

「告訴他，快飛比慢飛省力。」

馬丁照著指示奮力加速，精疲力竭的他卻還是不由自主的往下墜。

「阿卡、阿卡！」

「又怎麼了？」

「白鵝掉下去啦！白鵝掉下去啦！」

「告訴他，高飛比低飛省力。」阿卡維持原來的速度，繼續往前飛。

馬丁有心無力，像一架油料耗盡的飛機，整個肺還因為換氣過度，就像要炸開了。

「阿卡、阿卡……」

「你們就不能安靜一點嗎？」

「白鵝快摔死了！白鵝快摔死了！」

「告訴他，跟不上就回去！」阿卡完全沒有減速的意思，繼續往前飛。

「原來是這樣啊！」馬丁終於明白了，這些野雁根本不是真心的想邀他同行，他們只不過是想戲弄他。

他氣自己力不從心，不能給這些流浪漢看看自己的本事；又怪自己運氣不好，竟然遇到最嚴厲的阿卡。他久聞阿卡的大名，知道她是隻地位崇高的領頭雁，優秀的雁鵝都想加入她的雁群。而且，她的雁群是出了名的歧視家鵝。

馬丁跟在雁群後面慢慢的飛著，心裡想著要不要掉頭回家。

「親愛的馬丁，」他背上的小傢伙說話了，「你應該知道，拉普蘭在最遙遠的北邊，從來沒飛過的你，想要跟著他們飛到那裡是不可能的。不如在你活活摔死之前，趁早回頭吧！」

「閉嘴！」馬丁怒火中燒，被雁鵝瞧不起已經夠嘔了，竟然連尼爾斯這個討厭鬼都瞧不起他，「你再多嘴，我就把你摔下去。」馬丁一氣之下，竟然又拔高了許多，慢慢的趕上雁群了。

還好，太陽馬上要下山了，雁鵝急著找地方過夜，馬丁終於跟著降落在沃姆湖畔。

「看來，今晚要在這裡過夜了。」尼爾斯跳下馬丁的背，站在狹窄的沙岸上，望著眼前的湖泊。

這是一個結冰的湖，臨岸的冰已經融化，冰雪融化的時候，湖面會凹凸不平，湖中的雜質也會一一浮現，一切變得又黑又髒，到處都是裂縫跟孔洞。春天的湖泊都這樣，融化後的雪水黑得發亮，在浮冰與河岸間川流不息，散發出陰森的寒氣。

對岸是一片松樹林，有些地方的積雪已經融化了，樹冠上仍有一層厚厚的積雪，周圍還有一大片光禿禿的土地。

傍晚的森林、冰冷的湖泊，還有身旁的野生動物，都讓尼爾斯備感孤寂。今天早上才剛變小的他，覺得自己像隻困在冰天雪地的小蟲子，好想大哭大叫。他的肚子早就餓扁了，可是去哪裡找吃的呢？現在才三月，樹上沒有果實，地上也寸草不生。

去哪裡吃飯？到哪裡睡覺？有誰會像媽媽一樣為他鋪床疊被？這裡也沒有火爐取暖，半夜如果有野獸怎麼辦？

太陽已經完全隱沒了，黑暗籠罩著大地，湖面吹來陣陣寒氣，森林裡還不時發出奇怪的聲響。

尼爾斯越來越害怕，剛才在天上翱翔的快感已經蕩然無存，繼之而起的是無依無靠的恐懼。一回頭，馬丁還趴在剛才降落的地方，脖子癱在地上，雙眼緊閉，動也不動。

「馬丁，去喝點水吧！水就在前面，走兩步就到了。」尼爾斯慌亂的看著馬丁，在這麼陌生的荒郊野外，他只認識馬丁，馬丁如果怎麼了……他不敢再繼續往下想。尼爾斯急著呼喚馬丁，又推又拉的，用盡吃奶的力氣，才把馬丁推到水邊。

馬丁的頭浸在水裡，過了好一陣子才醒來，他甩掉眼睛上的水珠，大口大口的呼吸，慢慢的恢復元氣後，才開始喝水、游泳，在蘆葦叢中自在的穿梭。

雁鵝根本不管他們，一著陸就鑽進水裡，自顧自的游泳、洗澡，玩耍和吃草。

馬丁吃飽喝足後便開始捕魚，吃草的他費了好一番功夫，才咬住一條小鱸魚。他把小魚放到尼爾斯的面前說：「這是送你的，謝謝你把我推到水裡。」

今天一整天都沒人搭理尼爾斯，家裡的動物也只會對他冷嘲熱諷。在這麼無依無靠的夜晚，在他又冷又餓的時候，馬丁竟然為他捕來一條魚，他好想用力的擁抱馬丁！

雖然他不想吃生魚，但他實在餓得受不了，也管不了這麼多了。還好他隨身帶著一把小刀，可以用來刮魚鱗，清理魚的內臟，很快的，他就把魚吃光了。

「唉！我竟然生吞活剝了一條魚，我真的不再是個人了！」

馬丁一直靜靜的看著他，直到他吞下最後一口魚後，才靠過來低聲的說：「我們遇到了一群驕傲的傢伙，他們根本不把家禽放在眼裡。」

「嗯！看得出來。」

「我想跟著他們一起飛到拉普蘭，讓他們見識一下我的能耐。」

「呃……」尼爾斯不以為然，卻又不想澆他冷水。

「不過，光靠我自己是很難完成的。」馬丁說：「我想問你，願不願意跟我一起去？跟我作伴，為我壯膽。」

「可是我們以前處得不好……而且，我想快點回家。」

「秋天一到，我馬上送你回家，不親自把你送到家門口，我是不會離開你的。」

尼爾斯想著，過一陣子再回家好像也不錯，正想答應的時候，背後傳來嘩啦啦的聲響，雁鵝從水中飛起，到岸上抖掉水珠後，列隊向他們走了過來。

5. 阿卡

馬丁仔細觀察這些野雁，本以為他們跟自己長得差不多，但是他們小多了。而且他們幾乎都是灰色的，有些還摻著褐色雜毛。他們的眼珠也不是黑色的，而是像燃燒的火焰，黃得發亮，黃得讓他害怕。

馬丁走路向來搖搖擺擺，一派悠閒。在他看來，雁鵝根本不會走路，總是邊走邊跑，好像隨時準備起飛。他們的腳更可怕，每一雙都又大又破，傷痕累累。好像從不在乎踩到什麼，碰到東西也不會繞道。他們就像打赤腳的紳士，相貌堂堂卻忘了穿鞋。

「大膽的回答，但別說你是誰。」馬丁悄悄的叮嚀尼爾斯。

雁鵝來到他們面前，不停的點頭行禮。馬丁也點頭回禮，而且次數還比他們多。打過招呼後，阿卡就說：「我想知道，你們到底是誰？」

馬丁抬頭挺胸說：「我叫馬丁，去年春天在斯科納出生，秋天被賣到西威門赫格的霍爾．霍格森家，後來就一直住在那裡。」

「看來你出身平凡，沒什麼值得炫耀的。」阿卡說：「你是哪來的勇氣，敢加入我們？」

「我就是想讓你們瞧瞧，家鵝也能有一番作為！」

「哦！我們已經知道你飛得馬馬虎虎了，或許，你還有其他拿手的事情？你大概很會長距離游泳吧！」

「不！除了橫渡一個灰泥坑外，我還沒游過更長的距離。」

「那麼，你是長跑健將囉？」阿卡又問。

「我從來沒見過哪隻家鵝會跑步的，我自己也沒跑過。」馬丁又說。

「嗯！你很有膽識。即使剛開始不熟練也沒關係，你再跟著我們幾天看看，怎麼樣？」

「我很樂意！」馬丁本以為阿卡要趕他走，想不到卻得到這個答案，他高興得搖頭晃腦。

阿卡用她的扁扁嘴，指著尼爾斯問：「他是誰？我從來沒見過像他這樣的小傢伙。」

「他是我的同伴，他一直都是放鵝的。帶著他上路會有用處的。」馬丁回答。

「嗯，對一隻家鵝來說，應該有幫助。」阿卡又接著問：「你怎麼稱呼他？」

「呃……他有好幾個名字，」馬丁不想說出尼爾斯的本名，吞吞吐吐的說：「你可以叫他大拇指。」

「他是小矮人的親戚嗎？」

「呃……」馬丁說：「你們什麼時候睡覺啊？我累得眼睛都快要睜不開了。」

阿卡全身的羽毛都是灰白色的，頭比其他的雁鵝還大，腿更粗，掌更破。她的肩膀消瘦，脖子細長，羽毛堅硬。看得出來她很老了，但她那炯炯有神的雙眼，在雁群中顯得特別的銳利。

她看著馬丁說：「公鵝，你要知道，我是從克布納凱塞峰來的阿卡，在我右邊的是伊克西，左邊的是卡克西，還有庫爾枚跟娜莉葉、維西和庫西。我們都是出身名門的高山大雁，你別把我們當成結伴而行的流浪漢，你也別妄想我們會讓一個來路不明的傢伙，跟著我們一起過夜。」

「我不想隱瞞我的身分。」尼爾斯跳出來說：「我是來自西威門赫格的尼爾斯·霍格森，是農夫的兒子，我一直都是人，直到今天上午……」

聽到「人」這個字眼，雁鵝紛紛往後退，伸長脖子憤怒的鳴叫。

「第一眼看到你的時候，我就起疑了。」阿卡說：「你現在馬上離開！我們不許有人類混在我們當中。」

「你們不必怕這麼一個小人兒，」馬丁說：「他當然可以明天就回家，但是現在已經晚了，你們還是讓他留下來過夜吧！讓這麼一個可憐的小人兒獨自面對狐狸和鼬鼠，總是於心不忍。」

阿卡往前走了幾步，努力壓抑內心的恐懼。

「經驗告訴我，要提防人類，無論大或小。」她對馬丁說：「如果你願意擔保，他絕對不會傷害我們，那他便可以留下來過夜。不過，你們應該不會喜歡我們的落腳處，我們打算在那塊浮冰上睡覺。」

馬丁看著離岸邊有一段距離的浮冰說：「你們真聰明。」

「你得保證，他明天就回去。」阿卡又說。

「那我就不能跟你們走了。」馬丁說：「我已經答應他，絕對不會拋棄他。」

「隨便你！」阿卡說完便飛向浮冰，其他的雁鵝也跟著過去。

尼爾斯覺得很掃興，但眼前的考驗是如何在浮冰上過夜，「這麼寒冷的天，在冰上睡覺，會要了我們的命。」

「沒事的！你趕快去蒐集乾草，能拿多少算多少。」馬丁說。

尼爾斯抱來一大捆乾草，馬丁叼著他的衣領，飛到浮冰上。阿卡的雁群已經把嘴埋在翅膀下，站著睡著了。

馬丁站上尼爾斯為他鋪好的床，一把將尼爾斯塞進他的翅膀裡說：「在這裡你應該可以睡個好覺。」

尼爾斯又冷又累，他窩在馬丁的翅膀裡，暖呼呼的睡著了；馬丁也在尼爾斯的陪伴下，安心的進入夢鄉。

6. 斯密爾

浮冰總是不牢靠的，雁鵝棲息的那塊浮冰，夜裡竟然悄悄的飄向岸邊，跟陸地連在一起了。

狐狸斯密爾住在對岸的公園裡，傍晚他就看到這群雁鵝，當時他不敢輕舉妄動，現在可讓他逮到了好機會，一溜煙竄上浮冰。

他壓低身體匍匐前進，就在可以發動攻擊的時候，竟然滑了一跤，爪子像鐵耙在冰上刮出噪音。雁鵝紛紛驚醒振翅起飛，斯密爾隨口叼了隻雁鵝就跑。

馬丁在混亂中起飛，半夢半醒的尼爾斯也摔到冰上，睡眼惺忪的他見到雁鵝被叼走了，馬上清醒過來，拔腿直追。他的木鞋在冰上喀喀作響。

「小心啊！」馬丁在後面叫著。

這麼深的夜裡，尼爾斯竟然看得一清二楚，可能是矮人的魔法，讓他有了「夜明眼」。他卯足全力追逐，跨欄似的跳過一個個的裂縫和水窪。

眼看狐狸就要上岸了，尼爾斯放聲大叫：「放他下來，你這壞蛋！」

斯密爾頭也不回的跑，尼爾斯緊追不捨，跟著跑進森林。他想讓那些高山大雁瞧瞧，人類不管變得多小，還是比動物厲害。

「你這隻不要臉的臭狗，竟敢偷襲雁鵝，」尼爾斯吼道：「馬上把她放了！不然我就告訴你的主人，讓你吃不完兜著走。」

斯密爾差點笑出來，他可是讓農夫束手無策的狠角色，常常弄得農莊雞犬不寧，有誰會將他小看成一隻狗？

尼爾斯一路狂奔，就在靠近斯密爾時，他縱身一跳，抓住斯密爾的尾巴大叫：「我要把雁鵝搶走咯！」

斯密爾繼續往前跑，跑了一陣，發現後面的追兵沒什麼殺傷力，就停下來，用前腳把雁鵝壓在地上，想好好的吃頓宵夜。不過，吃大餐前，他還想逗逗那個虛張聲勢的傢伙。

「我要開動了，快去跟我的主人告狀吧！快去呀！」

尼爾斯看著他長長的鼻子，這才發現自己抓的是條狐狸尾巴。「連狐狸都小看我！」他氣得用腳撐住樹幹，看準狐狸張大嘴的那一剎那，猛然一扯，斯密爾一個重心不穩，讓到嘴的肉飛了！

斯密爾轉頭怒吼：「吃不到那個，我就吃這個。」

「來呀！你試試看！」尼爾斯得意洋洋的叫著。

斯密爾追著自己的尾巴，轉了一圈又一圈；尼爾斯抓著斯密爾的尾巴，跟著一圈一圈，上上下下瘋狂的擺動。

「吃不到！吃不到！」尼爾斯叫著、笑著，轉著轉著，頭開始暈了，手也乏了，狐狸卻轉得正起勁呢！他看準了一株小山毛櫸，兩手一鬆，趁勢一跳，攀住了樹幹。

尼爾斯爬上樹，居高臨下看著斯密爾，欣賞了好一會兒才說：「喂！你不累嗎？」

斯密爾抬頭一看，氣得兩眼通紅，「你就別下來！」說完，他就直接坐在樹下。

「你就別上來！」尼爾斯大喊。跨坐在樹幹上，又累又睏的他不敢睡又走不了，凍僵的手指很難施力，好幾次都差點摔下去。夜晚的森林危機四伏，既陌生又可怕，世界彷彿換了一張面孔。

尼爾斯熬了一整夜，天色終於漸漸亮了，他很高興看到太陽緩緩升起，太陽的光芒驅走了黑夜，喚醒了萬物。

湖上傳來雁鵝的叫聲，尼爾斯扯開喉嚨呼救，阿卡的雁群竟然直接呼嘯而過。

「他們可能認為我已經變成狐狸的點心了。」尼爾斯傷心得快要哭出來，太陽卻好像笑著對他說：「別怕，有我呢！」

7. 雁戲

三月二十一日　星期一

清晨過後，大約一頓早餐的時間。有一隻雁鵝飛進樹林裡，看起來像是迷路了，在林中緩慢的走著。狐狸斯密爾舔著嘴，偷偷捱了過去，縱身一跳，卻撲了個空。

過了一會兒，又來了一隻，跟剛才那隻走一樣的路線，但他飛得很慢、很低，幾乎是緊貼著斯密爾飛的。這一次，斯密爾跳得更高，耳尖都碰到雁鵝的腳了，卻又讓他溜走了。

接著，又來一隻，飛得更低、更慢。斯密爾奮力一搏，這次就只差一根髮絲就逮到她了。

第四隻雁鵝來了，她飛得歪歪斜斜有氣無力，斯密爾不想理她。但她飛得很低很低很低，還故意用腳拍了一下斯密爾的頭，惹得斯密爾又叫又跳的，這次他的爪子都碰到她了，卻還是失手了。

接著，天空竟然一口氣出現了三隻，斯密爾不敢相信自己的眼睛，三隻雁鵝並排著飛來，「隨便抓也有一隻。」他再度挑戰，卻依然失敗。

接著來了五隻，這次他沒上鉤。

又過了一會兒，第十三隻來了，這隻灰白的老雁歪斜得厲害，幾乎就要迫降在樹林裡了。斯密爾連蹦帶跳的撲上去，一路追到湖邊，還是白費力氣。

斯密爾正準備放棄，突然眼睛一亮，一隻肥美的大白鵝從天而降。「這次一定要成功！」垂涎欲滴的他緊盯著大白鵝，集中火力，奮力一搏，跳出生平的最高記錄……卻眼睜睜的看著那頓豪華大餐翩然離去。

林子裡安靜了一會兒，雁群好像都飛走了。斯密爾想起樹上的小人兒，跑回樹下一看，小人兒果然早就無影無蹤了。斯密爾還來不及找他，雁鵝又來了，照著剛才的順序，一隻接一隻，飛得又低又慢，斯密爾也跟著一次又一次的撲起又落下。

這是斯密爾有生以來最沮喪的一天。他不曾有這麼好的運氣，獵物一隻接一隻，不斷的送上門來，每一隻都在德國養得胖胖的，看起來是那麼的美味，每一隻都離他那麼近，他卻全部撲空。他還記得咬著牙忍著餓的冬天，但整個冬天的飢餓加起來，都沒有今天這麼令他難以忍受。

斯密爾絕非泛泛之輩，他被獵狗追過、被子彈擦過，還曾經受困洞中幾乎喪命，這些生死攸關的場面都沒讓他喪志，但是今天的狩獵卻讓他身心俱疲。

早上，在追逐開始之前，斯密爾還是一隻漂亮的紅狐狸，他向來以自己那身紅得發亮的皮毛、雪白的胸口、黝黑的鼻頭與蓬鬆的尾巴，傲視群狐。現在卻汗流浹背、氣喘吁吁，還兩眼無神，他從不曾如此狼狽，口水

還滴滴答答的滴了滿地，連他最引以為傲的尾巴也成了一根破掃把。

再多的疲憊都敵不過他的不甘心，儘管他已經頭昏眼花，累得都快起不來了，他還是不認輸。他把所有的東西都看成了雁鵝，亂撲亂跳的，撲完蝴蝶，又撲影子。雁鵝一整天不間斷的戲弄他、折磨他，見他放棄了，又過來逗弄他，就是不讓他停下來，直到他奄奄一息。

「狐狸，你最好牢牢記住，惹火了阿卡，就是這種下場。」雁群在空中呼嘯一陣後，揚長而去。

8. 野鳥的生活

三月二十四日　星期四

尼爾斯一直覺得自己就要被逐出雁群了，但是雁鵝都不再提起這件事，他和馬丁就這樣默默的跟著雁群。

這一天，尼爾斯在林子裡覓食，阿卡見他一無所獲，還幫他找來薔薇的果子。吃飽後，他又坐在馬丁的背上，跟雁鵝比賽游泳、跑步和飛行，他大聲的為馬丁加油，大夥兒笑聲連連，彷彿忘了他早就該離開了。

尼爾斯逐漸了解餐風露宿的生活，也體驗了自由自在的美好。他不想讀書也不想做事，心想：「這種生活最適合我了。」為了能夠繼續留在雁群裡，他特別的守規矩，說話客客氣氣的，也不偷拔馬丁的羽毛，每天還去跟阿卡請安問好，而且每一次都會先脫帽再鞠躬。

睡前，他都想著：「明天我可能就會被趕走了。」就這樣過了幾天之後，有一天，阿卡對他說：「你知道像你這樣的小傢伙有多少敵人嗎？在公園走路的時候，你要提防狐狸跟紫貂；到了湖邊，要小心水獺；在石牆休息的時候，要注意有沒有鼬鼠從洞裡鑽出來；想躺在樹葉上睡覺，得先檢查一下有沒有冬眠的蛇；在寬闊的地方，要提防空中的老鷹；在樹叢裡，要小心雀鷹。喜鵲跟烏鴉到處都有，但不可以太信賴他們。還有，天黑要小心貓頭鷹。要跟小動物好好相處，例如：松鼠、兔子、雲雀、啄木鳥，跟他們成為好朋友後，他們會在危險的時候警告你，在大難臨頭時保護你。」

尼爾斯聽了阿卡一席話，主動去跟松鼠示好，想不到松鼠卻說：「別以為我不知道你以前幹了什麼好事？休想從我這邊得到任何幫助。」

尼爾斯一心急著改變形象，當他聽到有松鼠被抓的消息後，便冒險趕去農莊，來回跑了幾趟，才順利救出松鼠母子。過了幾天，他又混進一群戶外教學的學生裡，從城堡中救出被捕的馬丁。他一直等著阿卡誇獎，但阿卡跟其他的雁鵝卻好像不把這一切看在眼裡，不但沒有誇獎他，還隻字未提。

就這樣過了一個禮拜，心煩意亂的尼爾斯拔起了一根蘆葦當笛子，有模有樣的吹了起來。原本在一旁唱歌的山雀、燕子跟椋鳥紛紛閉上嘴，豎起了羽毛，側耳傾聽。聽了一會兒，鳥兒拍著翅膀大叫：「你在胡吹什麼呀？五音不全，能聽嗎？」

「哼！」尼爾斯隨手扔了笛子，走出蘆葦叢。剛走出來，就見到阿卡帶著雁群朝他飛來，他知道決定命運的時刻來臨了。

雁鵝停在尼爾斯面前，阿卡走上前說：「你一定很納悶，為什麼你把我從狐狸的口中救出來，我卻沒有表示感謝。我向來喜歡用行動說明一切，這幾天我派了使者去找你家的矮人，他本來說什麼都不願意原諒你，我接連派出使者為你說情，說你這段日子表現得有多好，他才說：『只要你現在回家，就可以變回原來的樣子。』」

阿卡面露微笑的看著尼爾斯，想不到尼爾斯卻嚎啕大哭。

「天啊！這是怎麼回事？」阿卡說：「看來你覺得我做得還不夠。」

「我不在乎能不能變回人，」尼爾斯哭著說：「我在乎的是能不能跟你們一起去旅行。」

「你家那個小矮人可不是好惹的，你如果現在不領情，以後再求他可就難了。」

「我討厭以前的生活！我要跟你們去拉普蘭！就是因為這樣，我才整整乖了一個星期。」

「你想跟我們同行，我是不會拒絕的。但是你要考慮清楚，是不是回家比較好？將來你可能會後悔。」阿卡又說。

「沒什麼好後悔的，我從來不曾這麼快樂過，我要跟你們在一起。」

「好吧！那就隨你的意思吧！」

「謝謝你，阿卡！」尼爾斯哽咽的說著，笑著擦去了眼淚。

9. 鶴舞大會

三月二十八日　星期一

這一天清晨，雁群收到了邀請，要他們參加明天晚上在庫拉山舉行的鶴舞大會。

雁鵝們非常興奮，七嘴八舌的對馬丁說：「你的運氣真好，可以看到精采的鶴舞大會。」

庫拉山並非什麼巍峨高山，卻是由海浪與海風聯手打造出來的一座避暑勝地。在每年三月的某一天，趁著遊客還沒來訪，動物要在山上舉行一次同樂會。那天所有的動物都要和平相處，他們以類分群，各自表演拿手絕活，最後再由灰鶴跳舞壓軸，這個活動就簡稱為「鶴舞大會」。

來自小農莊的馬丁，從來沒見過這種大場面，很想親自去見識一下，開開眼界，卻還是說：「尼爾斯如果不能參加，我就留下來陪他。」尼爾斯當然也很想去，但此時的他，已經知道動物有多麼的討厭人類，當他正思索著該如何跟阿卡開口時，一隻大鳥突然降落在雁群裡。

尼爾斯覺得他的比例很奇怪，身體、脖子和腦袋好像是跟小白鵝借來的。黑色的雙翅與紅色的長腿，不是過大就是過長。尤其在那樣一顆小腦袋上，還裝著又粗又長的嘴，不免顯得有點頭重腳輕。

阿卡整理好羽毛，上前鞠躬說道：「艾爾，你還好嗎？住處沒有遭到破壞吧！」

名叫艾爾的白鸛劈頭就說，他住的格里敏城堡被狂風吹得亂七八糟，附近找不到食物，溼地的水又被人類抽乾了，逼得他想搬家。

阿卡靜靜的聽著，心裡卻想著：「你已經夠幸運了！只因為人類叫你送子鳥，就把屋頂讓給你，從不對你開槍，也不偷你的蛋。你還有什麼好抱怨的？」

「有沒有看到那些黑老鼠？」艾爾說：「他們趕著去庫拉山，不知道大禍就要臨頭了。」

「怎麼說？」

艾爾這才說黑老鼠跟他一樣住在格里敏城堡，附近的灰老鼠一直想鳩佔鵲巢，打算趁著黑鼠遠行，一舉攻下城堡。即使現在去通知黑鼠，他們也來不及回防了。

阿卡覺得灰鼠實在太卑鄙了，當下命令所有的雁鵝都到湖上去，她要帶著尼爾斯過去看看。

尼爾斯很怕老鼠，正想叫阿卡另請高明。誰知他才剛走出來，白鸛就咯咯的笑個不停，接著一口叼起他，把他往空中扔，當球一樣拋接。尼爾斯放聲尖叫，雁鵝也急得嘎嘎亂叫，阿卡大喊：「艾爾！你在做什麼？他是人，不是青蛙！」

艾爾充耳不聞，反覆拋接了七次，直到甩夠了，才把尼爾斯放到地上，轉頭對阿卡說：「我回去了，大家如果知道你要帶個小傢伙去幫忙，一定會很高興的。」

尼爾斯知道他在揶揄自己，馬上穿好掉落的鞋子，二話不說，爬上阿卡的背。阿卡跟在艾爾後面飛著，尼爾斯緊盯著艾爾的背影，想著要讓這傢伙瞧瞧自己的厲害。

當他們降落在格里敏城堡時，留守的十二隻老黑鼠都露出非常失望的表情。

艾爾卻大而化之的說：「別擔心，沒看到阿卡帶著小人兒來救大家了？他們會成功的！我要去好好睡一覺了，明天醒來的時候，事情就通通解決嘍！」

尼爾斯受夠了艾爾的風涼話，見他蜷起一條腿，就想推他個倒栽蔥，卻被阿卡用眼神制止了。

阿卡了解所有的情況後，拜託貓頭鷹夫妻來幫忙，一隻負責去通風報信，要外出的黑鼠趕快回家；另一隻去草鴞那裡，借來一支有魔力的小號角。號角送到時，灰鼠已經佔據了整座城堡。阿卡要尼爾斯像吹笛人一樣，用笛聲將灰鼠引至遠處。尼爾斯原本就很懼怕老鼠，更別提現在的他比老鼠還要小，而且城堡裡有成千上萬的老鼠，只要有一隻撲上來，他就沒命了。不過，他不想讓阿卡失望，儘管嚇得渾身發抖，還是勇敢的接下任務。

小小的尼爾斯吹著號角，將灰老鼠引出格里敏城堡。號角響了一整夜，尼爾斯也帶著老鼠大軍在星光下走了一夜，直到黎明時分，白鸛才飛下來，叼走了尼爾斯。

艾爾沿途為自己無禮的行為道歉。他們回到格里敏城堡後，尼爾斯告訴大家：「你們不要以為我想幫助黑老鼠，我這麼做完全是為了讓艾爾瞧瞧我的厲害。」

阿卡驕傲的用腦袋在尼爾斯的胳臂上蹭來蹭去，接著轉頭問艾爾：「要不要帶他去參加鶴舞大會？我們應該信得過他。」

「當然要帶他去啦！為了表示歉意，就讓我載他過去吧！」

艾爾不像雁鵝均勻的搧翅前進，而是變換各種飛行技巧玩樂，有時忽然停在高空展翅滑翔；有時又像墜落的隕石猛衝直下；有時又如一陣旋風，繞著阿卡轉圈圈。尼爾斯雖然緊張，也不得不稱讚艾爾的確是名飛行健將。

他們很快就追上其他雁鵝，抵達庫拉山後，他們一同降落在一座小丘上。鳥獸各聚山頭，早已就定位。尼爾斯放眼望去，見到一排又一排分叉的鹿角，還有一整片的蒼鷺頸羽。他想：「那座火紅的小丘是狐狸、灰成一團的是灰鼠，黑壓壓又叫個不停的是渡鴉……那些不斷在空中翻飛、高歌的雲雀，看起來多高興啊！」

依照慣例，大會由烏鴉開場，他們分為左右兩組，對飛、分開；再對飛、再分開，沒了！僅此一招，再無新花樣。觀眾都覺得無聊透頂，他們卻沾沾自喜不斷的重複。

終於，等到可愛的兔子上場了，小兔子既不排隊，也不編舞，有的翻跟斗，有的用腳拍地，打鼓似的弄得灰塵滿天；還有四處亂竄，到處亂跑

的，各跳各的毫無章法。如此隨性的演出，卻因喚醒了原本昏昏欲睡的觀眾，而大受歡迎。

接著是松雞的大合唱，松雞唱完雲雀唱，鳥兒們躍躍欲試，急著加入歌唱擂臺。氣氛正熱烈的時候，狐狸斯密爾也來了，他無心觀賞節目，從頭到尾死盯著阿卡的雁群。有隻雁鵝發現不對勁，才剛剛出聲示警，就被斯密爾咬死了。

突如其來的混亂讓大會戛然而止，斯密爾馬上被同類包圍，首領一口就咬掉他的右耳尖，接著所有的狐狸一擁而上，對他一陣瘋狂撕咬。斯密爾像隻落水狗狼狽的竄逃，從此遠走他鄉。

在這段插曲過後，大會依然持續進行。最後，眾所期盼的灰鶴如雲霧般飄然而至，他們舞著黑白相間的翅膀，細長的雙腿與頭頂的一抹紅，在皎潔的月光下，顯得仙氣飄飄。那一刻如夢似幻，所有的動物都忘卻笨重的軀殼，隨著鶴的舞步遠離塵囂，一起奔向幸福的天堂。

10. 下雨天

三月三十日　星期三

阿卡的雁群在一大清早就出發了，他們排成人字形的隊伍，在晴朗的空中有節奏的鼓動翅膀，他們邊飛邊叫，確認彼此的位置，「你在哪裡？我在這裡。你在哪裡？我在這裡。」

不久，空中出現了烏雲，尼爾斯看著烏雲密布的天空，好像擠滿了灰色的大貨車，上面滿載著可以容納整座湖泊的水槽跟水桶，只要信號一響，就會全部傾洩而下。

當第一場春雨落在地上，小鳥便扯開喉嚨歡唱，小花小草在雨中欣喜的沐浴，乾涸的土地仰著頭大口大口的喝水，就連尼爾斯也在鵝背上跳起舞來，全世界都在為這場春雨歡欣鼓舞。這場雨下了整整一個上午，雁鵝終於不耐煩的朝著森林叫著：「夠了沒？喝夠了吧！」

天色逐漸昏暗，大雨卻絲毫沒有停歇的意思，反而越來越大，下得鋪天蓋地、氣勢磅礴。視線不佳的雁鵝只好放慢速度，冒著大雨前進。鵝背上的尼爾斯也淋得像隻落湯雞，凍得牙齒直打顫。

他們停在沼澤中央的一棵矮松下，溼答答的尼爾斯躲在馬丁的羽翼下，源源不絕的寒意讓他無法入眠，當夜幕降臨時，莫名的聲響又讓他感到不安。「如果在家就好了，媽媽不但會叫我去換掉溼衣服，還會幫我弄乾頭髮，再給我一碗熱湯喝。」

他悄悄從馬丁的翅膀鑽出來，往村莊走去。當他遠遠的見到燈光，就不再感到害怕了。他看著溫暖的小屋、明亮的窗戶，聽著滿室的笑聲，突然有想哭的衝動；見到路邊的耕耘機，經過藥局和教堂，覺得人類實在太了不起了，不但會用火，還發明機器幫自己做事，更有藥品為自己治病，他真怕自己再也無法變回人類了。

正當他胡思亂想時，突然聽到兩隻貓頭鷹在聊天，聽著聽著，發現自己竟然是他們口中的主角，「這真是件怪事，他不能再變回人類了嗎？」

「我只告訴你喔！小矮人說，如果他好好照顧那隻公鵝，讓他平安無事的回到家裡，然後……」

「然後怎樣？」

「噓！這裡可能會有人偷聽。走！到教堂再告訴你。」

貓頭鷹飛走後，尼爾斯把帽子拋到空中，「太好了！只要把馬丁照顧好，讓他平安的回家，我就可以變回人了！耶！」他用最快的速度跑回沼澤地，找到他的雁群，一頭鑽進馬丁的翅膀裡，安心的睡了一覺。

四月一日　星期五

這一天，斯密爾正在漫無目的的遊蕩著，被放逐的他總覺得外地的獵物沒有家鄉的肥美，草地也貧瘠得可憐，就連個像樣的花園都沒有。想家又回不了家的他，憤恨的往地上唾了一口，「呸！」然而，就在他抬頭的瞬間，他看到了一群雁鵝從空中飛過，裡面有一隻是全白的！

斯密爾整個精神都振奮起來了，他拔腿直追，追著那個白色的身影，追過一條彎彎曲曲的小河，轉彎再轉彎，上坡下坡跑了好久，終於來到他們的落腳處。

阿卡的雁群停在一處陡峭的懸崖上，前方是湍急的羅納比河。飛了一天的雁鵝很快就睡著了，尼爾斯卻遲遲無法入睡，嘩啦嘩啦的水聲讓他心神不寧，一陣翻來覆去後，乾脆鑽出馬丁的翅膀，坐在一旁。

斯密爾在對岸目不轉睛的盯著雁群，恨不得插翅飛過去，將他們一一咬死。當他無計可施時，突然見到樹上一隻正在追逐松鼠的紫貂，馬上靠過去說：「你為什麼放著對岸的雁鵝不抓，去抓小松鼠？」斯密爾的話才說完，紫貂已經跳過好幾根樹枝，往峭壁爬去了。

斯密爾隔岸觀火，坐等好戲。突然聽到「噗通！」一聲，紫貂掉進河裡，雁鵝也飛走了。

「你怎麼這麼笨手笨腳的？」

「我已經瞄準了一隻雁鵝，誰知道突然跑出一個小人兒，朝我的頭上扔石頭……」紫貂還沒說完，斯密爾已經又追了過去。

還好今晚夜色明亮，阿卡帶隊穿梭於群山之間，下方是一條如黑蛇般蜿蜒的河流，阿卡對這一帶非常熟悉，很快就覓得一個落腳處，那是一塊從瀑布中突出的岩石。疲憊的雁群很快就睡著了，尼爾斯經過這麼一折騰，就更睡不著了，他坐在馬丁身邊，靜靜的看著月亮。

鍥而不捨的斯密爾隨後趕來，他看了看情勢，又慫恿一隻水獺說：「你真奇怪！那邊的石頭上站滿了雁鵝，你卻在這裡吃小魚。」

水獺聽了，馬上扔了小魚，跳進河裡。他腳上的蹼、堅硬如舵的尾與防水的皮毛，就像全副武裝的游泳健將。水獺三兩下穿過激流，一溜煙往上爬。斯密爾緊盯著他，突然一陣刺耳的尖叫，水獺一頭栽進激流中。

斯密爾看著剛上岸的水獺說：「我還以為你很厲害呢！」

「我已經爬到雁鵝身邊了，誰知道突然跑出一個小人兒，用一塊尖鐵往我的腳上砍，痛得我……」水獺還沒說完，斯密爾又去追雁鵝了。

阿卡的雁群被迫再次轉移陣地，他們沿著波光粼粼的河流往南飛，飛到羅納比城，城南有一處療養浴場與夏季別墅，冬天的時候罕有人跡。

阿卡的雁群降落在浴場的陽臺上，一落地就紛紛睡著了。尼爾斯依偎在馬丁身旁，望著無垠的大海與皎潔的明月，溫柔的浪濤聲一聲接一聲，安撫了他的情緒。突然，從花園傳來一陣可怕的咆哮聲，他站起來看，一隻紅色的狐狸就站在灑滿月光的院子裡。

「斯密爾，是你嗎？」阿卡問。

「沒錯，是我。」斯密爾說：「我想問問你們，對於今天晚上的安排還滿意嗎？」

「是你派紫貂跟水獺過來的？」

「沒錯！你們曾經聯手戲弄我，現在只是我小小的回禮。告訴你們，無論上山下海，我都會跟著你們，直到你們全部死光為止。」斯密爾停頓了一下，又繼續說：「不過，如果你們把那個小人兒交出來，我可以放你們一馬。」

「休想！尼爾斯是我們的一分子，我們都願意為他犧牲自己的生命。」阿卡說。

「哼！你們竟然這麼護著他。我現在對天發誓，我報仇時第一個就拿他開刀。」

斯密爾叫囂著離去，雁群終於可以好好的睡覺了。尼爾斯靜靜的躺在那裡，想起離家那天，他跟家裡的動物求救，他們都只會幸災樂禍；剛才阿卡竟然說，他們全部都願意為他犧牲生命……

只要想起阿卡那番話，他就激動得再也睡不著了。從這一刻起，他，尼爾斯．霍格森不再是個討厭鬼了。

11. 兩個影子三個人

四月二日　星期六

天色已經很昏暗了，阿卡的雁群還在尋找過夜的地方，陰魂不散的斯密爾一路尾隨著他們，讓他們不敢著陸。

尼爾斯從鵝背上俯瞰茫茫大海，覺得今晚有點不尋常。天空像墨綠色的玻璃罩緊扣著大地，皎潔的月光灑在海面上，白浪滔滔宛如玻璃罩裡起伏蕩漾的牛奶，牛奶海裡不但怪石嶙峋，還有高舉著雙臂的巨人與怪獸。

「不能在這裡降落啊！」

尼爾斯的叫聲才剛停歇，就發現自己錯了，原來整個島嶼就是一座城市，尖石是房子的屋頂，高舉雙臂的巨人是有著兩個鐘樓的教堂。而海中怪獸則是停泊在港口的船隻，大大小小的船隻，有小艇、帆船跟輪船，深水區甚至還有戰艦，「我知道了！這裡是卡爾斯克魯納。」

尼爾斯從小就喜歡船，外公還在世的時候，經常跟他提起卡爾斯克魯納，說這裡是瑞典著名的海軍基地，有許多的軍艦與造船廠。外公曾經在這裡當兵，尼爾斯很高興能夠親自來看看這個地方。

雁群降落在鐘樓上，尼爾斯原本打算天一亮就去看船，他要造訪每一處外公提過的地方。但是，他怎麼都按捺不住興奮的心情，半夜就偷偷的溜出來了。

他以高聳的教堂為路標，走在鋪滿鵝卵石的街道上，看著高樓、市政廳，還有歌德式的大教堂，好像鄉巴佬進城。深夜的廣場上空蕩蕩的，只有一尊醜陋的銅像。

尼爾斯抬頭看著高大的銅像，那個魁梧的男人頭戴三角帽，穿著長衫和齊膝短褲，配上一雙笨重的鞋子，還拿著一隻手杖。明亮的月光照出他的鷹勾鼻與醜陋的大嘴巴，凶神惡煞的模樣，好像隨時就要敲打手杖，破口大罵一樣。

「喂！」尼爾斯衝著銅像說：「你這個香腸嘴的醜八怪，站在這裡做什麼呀？」說完後，又笑又跳的往街道走去。

走著走著，後面突然傳來「咚！咚咚！」的聲音，好像鐵器重重的敲在鵝卵石上，還有「叩！叩叩！」的聲音。他馬上想起剛才的銅人，那個沉重又帶點回音的聲響，應該只有銅人才發得出來。他想起自己剛才說的話，背脊一涼，「該不會是在生我的氣吧？不會的！誰都聽得出來，那只是在開玩笑。他應該只是出來散步。」

尼爾斯不敢回頭，裝作若無其事的快走。

「咚！咚咚！」「叩！叩叩！」聲音越來越近。

「咚！咚咚！」「叩！叩叩！」一聲接一聲，敲得他的心臟噗通噗通的亂跳。

「咚！咚咚！」「叩！叩叩！」尼爾斯忍不住跑了起來。「咚！咚咚！」「叩！叩叩！」地在動，屋在搖，他跑得越快，後面的聲音就越急促。

尼爾斯沒命的往前跑，見到小路就闖，遇到巷子就彎，但無論他怎麼跑，身後的腳步聲都緊追不放。

四周的房子都大門緊閉，月色又如此的皎潔，想找個藏身之處還真不容易。尼爾斯正想躲到前方的教堂，突然見到路邊有人在招手。

「得救了！」尼爾斯朝那人跑去，跑近一看卻呆住了，向他招手的竟然是個木頭人。他有著胖胖的身體，短短腿，方方的大臉，黑頭髮。似乎有人剛為他上過漆，帽子、頭髮、鬍子、長衫跟靴子都黑得發亮。他站在月光下，一臉和善。

尼爾斯看著他左手上的木頭牌子，想起了這就是外公說的木頭人。他的帽子下面是個慈善募款箱，只要拿起帽子，就可以投錢捐款，孩子們都很喜歡他。

尼爾斯還在猶豫，「咚！咚咚！」銅人已經快來了。木頭人彎下腰，朝尼爾斯伸出手，尼爾斯往前一躍，跳入他的掌中，木頭人馬上將他藏進帽子裡。

木頭人才剛站好，銅人就到了。

「咚！」銅人將手杖往地上一跺，聲如洪鐘的問：「你是誰？」

木頭人行了個舉手禮說：「陛下！上等兵羅森博姆報告，我服務於『無畏號』戰艦，服役期滿後，在海軍總部的教堂當守門人，最近被刻成雕像擺在這裡當慈善募款箱。」

尼爾斯聽到「陛下」，心裡一驚，原來銅人是這座城市的建造者，卡爾十一世國王。

「嗯！你有沒有看到一個滿城亂竄的小傢伙？」國王又用力的往地上一敲，「咚！一定要逮到這個沒禮貌的小子。」

「陛下，我剛剛看到他了。」

「完了！」尼爾斯想到自己已經成了甕中鱉，想不到木頭人卻接著說：「他往造船廠那邊去了。」

「那你還傻傻的站著幹什麼？跟我一起去抓他。」

「陛下，請容許我站在這裡。雖然我看起來很有朝氣，但那是因為我才剛上過油漆，其實我已經老得走不動了。」

「咚！」國王的手杖直接往木頭人的肩上敲，「少廢話，快走！」

月光從斜後方照過來，鵝卵石的街道上出現了銅人跟木頭人的影子，尼爾斯從帽子的縫隙往外看，一邊竊笑著：「有誰會知道在那兩個影子裡，還藏著一個小人兒呢！」他們在無人的街道上走著，一到造船廠，國王便一腳把門踹開。

「你看，我們從哪裡搜起比較好？」國王問。

「他那麼小，最有可能躲在模型室裡。」

他們走進一棟古老的建築，裡面擺滿了海軍艦艇模型。維妙維肖的模型，有大小船隻、各式大砲，船頭跟船尾均設有船艙，桅桿上還掛著布棚與繩索。其中還有為數不少的巡禮船、巡洋艦跟魚雷艇。

國王看到模型就著迷了，從第一艘看到最後一艘。羅森博姆化身為解說員，鉅細靡遺的介紹。尼爾斯仔細的看著、聽著，心想：「這麼漂亮的船，都是瑞典製造的呀！」

「羅森博姆，我看你對新的船也不了解，還是去看看別的東西吧！」國王說完，他們又轉去機器製造廠、鑄錨場、縫帆工廠與木工廠。見到了大型起重機、彈藥庫和製繩廠。

他們站在木橋上認真的討論各種問題，說著人們如何冒著生命危險，傾注全力研發，不惜花掉最後一毛錢，都要改進祖國的潛艦。尼爾斯聽著先人的奮鬥史，感動得熱淚盈眶。

他們又走到一個寬廣的院子，那裡陳列著一些從古戰艦拆下來的頭像。那些巨大的頭像表情嚴肅且自豪，令人望而生畏。

「脫下你的帽子，羅森博姆！」國王說：「他們都是為了保衛國家，浴血作戰的勇士。」

羅森博姆舉起帽子喊道：「向建立這座造船廠的人致敬！向重整海軍的人致敬！向賦予這一切的國王致敬！」

「謝謝！羅森博姆，你說得對，你是個好人。可是，」國王看著他光禿禿的頭頂說：「這是怎麼一回事？」

羅森博姆頭頂的尼爾斯也笑瞇瞇的拿起自己的帽子，一邊揮舞一邊大喊：「香腸嘴萬歲！萬歲！」

國王舉起手杖，猛然的往下敲，太陽剛好躍出水面，銅人跟木頭人化成一陣煙霧，尼爾斯呆呆的愣在那裡，看著他們消失在眼前。

「你在哪裡？我在這裡。你在哪裡？我在這裡。」阿卡的雁群在空中頻頻呼喚，馬丁很快就看到尼爾斯，俯衝直下，啣著他飛走了。

12. 灰雁公主

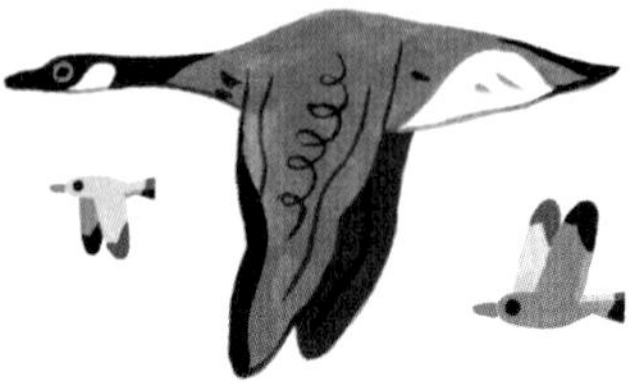

四月三日　星期日

尼爾斯一行在途中遇見了幾隻灰雁，灰雁好奇他們為什麼捨棄陸路，改由海路前往拉普蘭？當他們聽到斯密爾的事情後，一隻老灰雁說：「換做是我，我也會改道。你們可以到厄蘭島躲個幾天，那邊有吃不完的食物。」

阿卡覺得有道理，決定改道厄蘭島。那隻老灰雁又說，只要往南飛，飛到布萊金厄的海岸時，便會遇到大批從西海岸過來的候鳥，他們正準備回到芬蘭跟俄羅斯。

海面光滑如鏡，海上天上都是雲，翱翔其間宛如置身飄著白雲的萬花筒。尼爾斯緊緊抓著馬丁的脖子，比第一次飛行時還緊張。當他們遇到那群候鳥時，情況就更糟了。綠頭鴨、灰雁、長尾鴨、野鴨、鷿鷈、蠣鷸……大大小小的候鳥，浩浩蕩蕩的往前飛，海面上都是他們的倒影，每一隻看起來都像是翻著肚子在飛，尼爾斯看得暈頭轉向，分不清楚自己到底是在空中還是在海上。

候鳥一反常態，不吵不鬧，拚命的往前飛。尼爾斯看著陣容龐大且種類繁多的候鳥，想著：「這麼安靜，這麼整齊，好像要飛往天堂……」

「砰！」

「有人開槍，有人開槍！」前面的鳥驚慌的大叫：「快往上飛，快逃！快逃！」

數十艘的小船在海上一字排開，船上坐滿了狙擊手，朝著天空不斷的射擊。「砰！砰！砰！」一槍又一槍，鳥類的屍體一隻又一隻，「噗通！噗通！」的掉進海裡。

「砰！砰！砰！」

「噗通！噗通！噗通！」

鳥類的哀鳴聲四起，阿卡的雁群拚命的往高處衝，生死一線間的恐懼，讓尼爾斯無比的震撼。從槍口逃生的他，直到脫險後，還遲遲無法相信，「怎麼會有人開槍？他們怎麼會對阿卡、馬丁、伊克西跟卡克西這麼好的鳥開槍？還有其他的鳥……他們只是在天上飛啊！」

尼爾斯跟著驚魂未定的鳥類，一路無語的往前飛。飛了好久，突然吹來一團白色的煙霧，這些濃得像火災一樣的煙霧，把他們緊緊的包圍著，什麼都看不到也聞不著。尼爾斯看著這些白色的、潮溼的煙霧，終於明白，這不是火災引起的煙霧，而是水氣引起的濃霧。

原本朝著同方向飛的鳥兒，發現阿卡一行摸不清楚方向，就七嘴八舌的叫著：「小心！你們正在繞遠路。」「鬼打牆是到不了厄蘭島的！」

「轉彎，轉彎，方向錯了！」

「你們要去哪兒？」一隻好心的天鵝飛過來。

「我們要去厄蘭島，但我們不認識路。」阿卡說。

「這下可糟了，他們是騙你的，跟我來吧！」

天鵝帶著阿卡的雁群飛了很遠很遠，直到再也聽不到其他鳥類的叫聲後，天鵝突然不見了。雁群在空中亂飛了一陣，一隻路過的綠頭鴨說：「你們最好降到水面上，等霧散了再走。」

「你們不知道自己一直在原地繞圈圈嗎？」又有一隻鳥說。

這些壞蛋把他們弄糊塗了，尼爾斯不由自主的抓緊馬丁。

「砰！」遠處又傳來槍響，阿卡伸長脖子，使勁的搧翅，她明白了！老灰雁曾經告訴她，千萬別降落在厄蘭島的最南端，人類在那裡設了大砲，用來驅散濃霧。她認清方向了，從現在起，誰也別想再欺騙她。

阿卡終於帶著大家平安的降落在厄蘭島，飽受驚嚇的雁鵝終於可以放

鬆心情飽餐一頓了。第二天清晨醒來，島上依舊濃霧瀰漫。雁鵝四處覓食，尼爾斯則用草莖編了一個小背包，跑到岸邊去撿蛤蜊。

中午的時候，同行的雁鵝都跑來問他，有沒有看到馬丁。自從離家後，尼爾斯跟馬丁幾乎形影不離，白天一起遨遊天際，夜裡又相伴而眠。在漫長的旅途中，他們相互扶持，彼此壯膽，天南地北什麼都聊，他們的感情不是逐漸升溫，而是跟旅程一樣一日千里。

「馬丁！馬丁，你在哪裡啊？」尼爾斯在濃霧中邊跑邊叫。

「馬丁會不會迷路了？是不是遇到老鷹或狐狸？」他越想越害怕，馬丁如果發生意外，怎麼辦？「有沒有看到一隻大白鵝？有沒有看到一隻大白鵝？」他邊跑邊問，循著海岸往南跑，跑到最南端的驅霧砲，又跑到森林裡，上上下下跑到腿發軟，直到天黑都一無所獲。

他不得不回到雁鵝身邊，突然見到那個熟悉的白色身影，「馬丁！馬丁！」尼爾斯衝過去，緊緊的摟著他的脖子說：「太好了！你回來了！你到哪裡去了？害我好擔心。」

「沒事，沒事！別擔心！」

隔天一早，又有雁鵝來告訴尼爾斯，馬丁不見了。尼爾斯馬上扔了手中的蛤蜊，又衝去找馬丁，找了一天還是徒勞無功。當他準備回去時，聽到身後的圍牆上有個聲音，牆邊似乎還有東西在移動，他靠近一看，「是馬丁！」馬丁正銜著幾根草，努力的往石堆上爬。

尼爾斯悄悄的跟了過去，看到石堆上有一隻受傷的小灰雁，她的翅膀動彈不得，如果不是馬丁，她應該早就餓死了。「放心，你一定很快就能復原的。我明天還會再來，你好好的睡覺吧！晚安！」馬丁說完，就離開了。

尼爾斯等他離開後，才往石堆上爬，他邊爬邊想：「馬丁怎麼可能還會來?我們明天一早就要出發了。」當他爬上石堆，見到那隻小灰雁後，終於明白為什麼馬丁連續兩天都失蹤了。她是一隻美麗的小灰雁，有著最漂亮的小腦袋，柔軟的羽毛和溫柔的雙眼。

「別怕!我叫尼爾斯，是馬丁的同伴。」

「你好，我是丹芬。」小灰雁將脖子一伸，優雅的點點頭，「謝謝你願意過來，馬丁提過你的事，他說再也沒有比你更聰明，更善良的人了。」

尼爾斯沒料到馬丁會這麼稱讚他，更沒想到這些話會從如此端莊的鳥兒口中說出來，聽得他都害羞了。「這哪是鳥?她肯定是公主變的。」尼爾斯摸了摸她受傷的翅膀，發現她的骨頭並沒有斷，只是脫臼了。

尼爾斯決定冒險一試。

「你忍耐一下。」說完，他猛力的把小灰雁的骨頭往關節一推。

「啊!」小灰雁慘叫一聲，癱在石堆上。

「完了！我害死她了！我害死她了！」尼爾斯嚇得跳下石堆，沒命的往回跑。尼爾斯整晚都沒睡好，也不敢跟馬丁提起這件事。隔天一早，阿卡的雁群起飛了，馬丁雖然不想走，卻也不得不跟著上路。尼爾斯非常內疚，悶不吭聲的坐在馬丁的背上；馬丁也心事重重，他飛得很慢很慢，飛了一陣後，突然轉彎，往石堆的方向飛去。

「丹芬，丹芬，你在哪裡？」馬丁在石堆附近徘徊大叫。

「可能被狐狸叼走了。」尼爾斯想著。

「我在這裡！馬丁，我在這裡！」小灰雁從水中探出頭來，高興的大叫。她告訴馬丁，是尼爾斯救了她。她已經康復了，可以跟著大家一起去旅行了。

水珠從丹芬的翅膀滴落，陽光照在水珠上，好像為她披上一件珍珠彩衣，尼爾斯看著她，覺得她是一個真正的小公主。

13. 地獄谷

四月六日　星期三

阿卡一行翱翔在島嶼的上空。今天的尼爾斯特別的輕鬆愉快，他不用再擔心馬丁會走失，身旁還多了個可愛的丹芬，一切是那麼完美。

下方的海島清晰可見，島中央是一片寸草不生的高原，高原下的土地又非常寬闊，尼爾斯想起昨天聽到的一則傳說。聽說厄蘭島原本是一隻很漂亮的大蝴蝶，經常舞著閃閃發光的藍色翅膀，牠每天飛呀飛，有一天竟然飛到波羅的海上，才剛出海沒多久，海上就起了風暴，狂風暴雨摧毀了牠的翅膀，失去翅膀的蝴蝶摔落海中，軀幹就化為狹長的厄蘭島。每天不斷湧起的海浪，就像牠一再興起的念頭，一次又一次的思念著，牠曾經擁有的翅膀。

雁群在厄蘭島的北邊過了一夜，隔天一早準備飛往內陸。那天的風很大，強風不斷將他們颳到海上，他們逆風而行，努力的往陸地前進，就在快要接近岸邊時，突然一聲轟隆巨響。阿卡先是停止搧翅，暫停在空中，接著緊急迫降。

雁群還沒降落到海上，海水已經黑得發青。從西邊捲來的狂風，帶著搜刮來的塵土，和著海水打出了無數的泡沫。可憐的小鳥成了他的出氣包，現在輪到雁鵝了，暴風將雁鵝高高的捲起又突然拋下，東拋西甩的毫不手軟。

雁鵝知道無法跟大海對抗，便不再費力抵抗，他們隨著洶湧的波濤起伏嬉戲，彷彿置身天然的水上樂園。那些不會游泳的鳥類，搧著翅膀頂著風，酸溜溜的喊著：「會游泳真好！」

大海既是一座水上樂園，也是一個大搖籃。一波波的海浪，搖得他們昏昏欲睡。阿卡不斷的喊著：「別睡啊！睡著就會脫隊。」儘管如此，雁鵝還是擋不住濃濃睡意，一隻接一隻睡著了。

「海豹！海豹！」阿卡突然尖叫著飛上天，其他的雁鵝也跟著驚慌起飛，有一隻還差點被咬了。

雁群又回到空中，狂風暴雨讓他們筋疲力竭，停在海上又抵擋不住睡意。他們就這樣起起落落，飛飛停停。雖然疲憊不堪，但這已經夠幸運了。許多鳥不是被狂風吹著撞上山壁，要不就直接墜入海底。

暴風雨持續了一整天，雁鵝擔心再不找地方過夜便會喪命。傍晚的時候，海上出現了大塊浮冰，他們也不敢停留，深怕會被浮冰擠壓致死。漆黑的天空與大海，讓鳥類紛紛噤聲，只剩下浮冰相撞的聲音，還有海豹得意的叫聲。

尼爾斯跟雁群經歷了一整天的狂風暴雨，風雨不但絲毫沒有減緩的跡象，還颳得更加猛烈。尼爾斯剛抹去臉上的雨水，就見到雁群不顧一切的

撲向峭壁，馬丁突然往下墜，尼爾斯的心也跟著往下一沉，「完了！」

過了片刻，尼爾斯慢慢張開因驚嚇過度而緊閉的雙眼，才發現他們得救了！雁群沒有撞上峭壁，反而跟著阿卡飛進峭壁的山洞裡。雁鵝一落地，便急著尋覓伙伴，看看是否全部安然無恙。結果卡克西脫隊了，但大家並不擔心，因為卡克西既聰明又有經驗，很快就能追上來的。

阿卡突然大叫：「這裡有動物！」

「別怕，只是幾頭羊。」有夜明眼的尼爾斯說。

雁鵝適應光線後，果然見到洞裡有幾頭羊，山羊的數量跟雁鵝差不多，阿卡上前跟最老的公羊行禮說：「請原諒我們貿然闖進來，我們在狂風暴雨中折騰了一天，如果能讓我們在這裡過一晚，就太感謝了。」

阿卡說完好一陣子，羊群都沒有答腔，最後，終於有一隻滿面愁容的老母羊說：「我們並不是不歡迎你們，只是我們這裡並不安全，實在不是個過夜的好地方。」

「別擔心，再怎麼樣都比待在外面好。」阿卡說。

「既然這樣，你們就來這裡吃點東西吧！」母羊領著他們到一個清水坑，旁邊還有穀糠跟牧草。雁鵝一邊吃一邊聽她說：「今年下了很多雪，我們的主人給我們帶來這些食物。」

雁鵝飽餐一頓後，正準備好好的睡一覺，那頭老公羊卻走過來說：「你們不能在這裡過夜。」

「既然這樣，我們只好告辭了！」阿卡說：「但臨走前，你們是不是可以告訴我們，這裡到底有什麼危險？」

「小卡爾斯島上只有羊跟鳥，每逢下雪的冬天，人類就會為我們留下飼料，代價是帶走幾頭羊。我們一直跟他們保持良好的關係，畢竟這個島很小，如果我們的數量太多也無法生存。」

「那到底發生什麼事呢？」

「去年冬天出奇的寒冷，海上都結冰了。有三隻狐狸從冰上跑到島上來，在這裡大肆的吃羊。」

「他們竟敢招惹您。」阿卡看著這頭壯碩的公羊，她從沒見過哪隻羊有這麼粗的角，還同時擁有機智與威嚴的神情。

「白天不敢，」公羊晃了晃他的角說：「他們都是夜裡摸黑來，我再怎麼撐著，總有睡著的時候。他們已經把其他洞裡的羊都吃了。」

「他們今晚會來嗎？」阿卡問。

「沒有把我們吃光，他們是不會罷休的。」

阿卡想了想，便要尼爾斯到洞口為大家守夜。尼爾斯雖然很睏，卻也不願再回到風雨中。

夜半時分，風雨終於轉弱了，月亮也露臉了。尼爾斯起來看了看四周，這山洞在很高的山腰，前面是一條又陡又窄的小路，只要狐狸一出現，他一眼就能看到。山下怪石嶙峋，他突然聽到爪子抓石壁的聲音，「狐狸來了！」他看到三隻狐狸正要爬上來，馬上去叫醒老山羊，他爬上老山羊的背說：「走，讓他們瞧瞧你的厲害。」

狐狸一溜進山洞，尼爾斯馬上抓著公羊的角說：「正前方，衝！」接著往左邊一扯說：「左邊，衝！」本來還想找第三隻，結果「咚！咚咚！」第三隻還沒爬上來，就被前兩隻連滾帶翻的狐狸給撞飛了，他們掉在亂石堆上，摔得鼻青臉腫。

「看你們還敢不敢來？」尼爾斯衝著狐狸大叫。

「快鑽到我的毛裡去吧！」老公羊對尼爾斯說：「你在外面吹了一整天的風，應該舒舒服服的睡一覺了。」

隔天一早，老公羊向尼爾斯介紹他們的環境，小卡爾斯島是一塊巨大的岩石，山頂平坦，垂直的峭壁上還有鳥巢，尼爾斯看著蔚藍的大海與肥美的草地，「這裡好美啊！」

「這裡的確很美，但你要小心這些裂縫，掉下去就沒命了。」

尼爾斯看著腳下又寬又深的裂縫，終於明白這裡為何叫地獄谷了。當他們來到海邊時，到處都是羊的屍體，有的被啃個精光，有的只吃了一半就扔了，有的甚至連被嘗一口都沒有。

「唉！無論誰看到這種景象，都不會放過那些狐狸的。」老公羊說。

「狐狸也要生存啊！」

「沒錯。但他們不是為了生存，是為了玩樂而殺戮，他們是罪犯！」

「人類難道都沒有想辦法嗎？」

「他們來過很多次了，但狐狸都藏在裂縫裡，找不到他們的話，也開不了槍。」

「你……該不會希望我這個小人兒來想辦法吧？」尼爾斯問。

「小人物也可以有大作為！」

過了不久，馬丁就在地獄谷的山脊上吃草，尼爾斯躺在他的背上仰望藍天，他倆一派悠閒，絲毫沒有注意到三隻狐狸已經悄悄的逼近。

狐狸盯著眼前的肥鵝，小心謹慎的前進，等到發現了這是一隻瘸腿的鵝，便放心的撲過去。

馬丁歪歪斜斜的跑著，尼爾斯抓著他的脖子站起來，對那三隻狐狸喊道：「怎麼啦？羊肉吃太多，跑不動啦？」

狐狸激動得撲向他們，馬丁跑著跑著，突然拔高，狐狸煞不住腳，接二連三的摔進地獄谷裡。第二天早上，大卡爾斯島的燈塔看守員撿到一塊樹皮，是從門縫塞進來的，上面歪歪斜斜的刻著一排字：「小卡爾斯島的狐狸掉進地獄谷了，快去抓！」

14. 兩座城市

四月九日　星期六

海底城市

今晚月色特別的明亮，天空像一匹黑絨布，懸著一面又大又圓的鏡子。雁群在山頂上棲息，尼爾斯躺在枯草堆裡，屈指一算，離家已經三個禮拜了。

「今晚是復活節！難怪月亮這麼圓又這麼亮。」明月當空，亮白如晝，他看著看著，月中竟然出現一個黑點，他眨了眨眼，一隻大鳥從月裡飛了出來。背光飛行的大鳥，雙翅恰巧碰到月亮的外圍，小小的身軀，細長的脖子，還有兩隻下垂的長腿——那一定是隻鸛鳥。

不久，快要進入夢鄉的尼爾斯被叫醒了。

「艾爾！」尼爾斯站起來說：「你怎麼在這裡？」

「月色太亮了，我睡不著。要不要跟我去夜遊？」

「當然要！」尼爾斯一腳跨上他的背。

眼前是一輪明月，眼下是一片汪洋，尼爾斯跟艾爾越飛越高，越飛越高，成了月中的剪影。

這是一趟輕鬆美妙的飛行，他們降落在銀色沙灘上。艾爾蜷起一條腿，把嘴伸進翅膀裡說：「我休息一下，你可以四處走走，別走太遠。」

尼爾斯抓了幾把細沙，讓沙子從指縫中流洩，又胡亂走了幾步後，就踢到了東西。他彎腰一看，是一枚鏽得都快穿孔的硬幣，他想都不想，用力一踢……

回正站好後，眼前竟然矗立著一座巍峨的城堡，高牆內尖塔林立，鐘樓、教堂清晰可見。

「剛才沒有這個啊！」儘管有滿腹的疑問，尼爾斯還是走向那個彷彿剛從海底升起的城市。

城門口有幾個穿著蓬蓬袖的士兵，他們把武器放在一旁，聚精會神的玩著骰子，根本沒發現尼爾斯偷偷溜進去了。

「哇！」尼爾斯看著偌大的廣場，乾淨整齊的石板路，紅男綠女穿梭在熙來攘往的街道上，熱鬧非凡。男士身穿絲綢長衫、披著絨毛大衣，胸前掛著金鍊，圓帽旁還插著羽毛；女士們頭戴尖頂帽、身穿高雅的短上衣與長裙，標緻動人、風華絕代。

「這些人肯定不是王公就是貴族。」尼爾斯喃喃自語。

然而，比起這些亮麗的人物，華麗的建築更令他屏息。這裡的每一棟房子，外圍都還有一堵牆，牆上不是嵌著彩色玻璃，就是畫著五彩繽紛的圖。階梯式的牆面上，每一層都還有精美的浮雕。

從小看慣了牛棚與農舍的尼爾斯，從來沒見過這麼富麗堂皇的景象。他捨不得錯過任何角落，遺漏任何細節，便急急忙忙的跑了起來。他邊跑邊看，跑著跑著，發現這裡雖然很富裕，街道卻很狹窄，用的東西也很過時。

坐在門前織布的老太太，用的竟然不是紡車，而是古老的紡錘。還有許多幾乎失傳的行業，有的在熬鯨油，有的在揉皮革、編繩子……還有鐵匠在打造兵器，要不是想一口氣看完整座城市，他好想停下來看看他們如何工作。

尼爾斯穿過街頭、奔過巷尾，櫛比鱗次的商家令他眼花撩亂，四通八達的街道也讓他氣喘吁吁。當他快速奔跑時，是不會有人注意到他的，即使看到了，也會以為他是一隻小老鼠。他跑了一陣，終於跑不動了，才放慢腳步，悠閒的逛了起來。

有個老闆突然睜大眼睛，兩眼發亮的看著尼爾斯。他不但沒有被尼爾斯的模樣給嚇著，還笑逐顏開的對他招手。

尼爾斯害羞的搖著頭，那個老闆還是笑容滿面的看著他，不斷的招手，彷彿在說：「來嘛！過來看看嘛！」

接著，附近的攤商都發現他了，他們急著捧出最珍貴的商品，用盡各種方法吸引他的注意，爭先恐後的想把商品賣給他，彷彿他是此生唯一的貴賓。熱情的老闆與琳瑯滿目的商品，逼得尼爾斯尷尬的伸出雙手，表示自己兩手空空，買不起任何東西。

有個和藹可親的胖老闆從店裡走出來，捧著華麗的絲綢與玩具，走到尼爾斯面前，對他伸出一根手指。尼爾斯想著：「他的意思是……這些東西只要一枚金幣？」胖老闆又從口袋裡掏出一枚又破又小的硬幣，再加碼一個銀杯，表示全部的商品，只要這麼一枚小小的硬幣。

尼爾斯開始摸他的口袋，整條街的人同時盯著他瞧。當他們發現他身無分文時，竟然不約而同的流下淚來。尼爾斯從沒見過這麼多流淚的大人，他慌亂的說：「等我一下！我馬上來！」他頭也不回的奔向沙灘，像隻瘋狂的土撥鼠到處亂挖，挖著挖著，「有了！」

尼爾斯高興的撿起那枚生鏽的硬幣，海上竟然空空如也。城堡不見了，只剩下那枚高懸天際的明月。

「怎麼可能？」他難以置信的揉揉眼睛，在沙灘上來來回回的奔跑，「剛才明明有一座城市！」他對著踱步前來的艾爾大叫，眼淚忍不住奪眶而出。

「你是不是睡著了？作夢了？」

「不，我沒有作夢，我跑得滿身大汗。」尼爾斯摸著額頭的汗水說。

「看來，維納塔的傳說是真的。渡鴉巴塔基是鳥中智者，他曾經告訴我，在很久很久以前，這裡的海邊有一座很富饒的城市叫維納塔，那裡的居民原本過著富裕安康的生活，卻越來越愛慕虛榮，最後因為過度奢侈、傲慢，得到了天譴。上天讓整座城市沉入海底，每隔一百年的一個夜晚才會從海底升起，停留在海面一個小時。」

「對！我看到的一定是維納塔。」

「在那個小時內，如果有人可以將東西賣給一個

活人，他們就可以留下來，不然就得再沉進海裡。」

尼爾斯望著大海說不出話來，想起自己錯過的機會，想起那些期盼的眼神和那些淚流滿面的大人，小小的肩膀聳著聳著，嗚嗚的哭了起來。

四月十一日　星期一

活的城市

尼爾斯錯失了拯救海底城市的機會，連續幾天都悶悶不樂。儘管大家都說那不過是一場夢，他就是聽不進去。就在他情緒低落的時候，脫隊的卡克西回來了，「讓尼爾斯看看我昨天去的地方，他就不會難過了。」

雁群決定聽從卡克西的建議，飛一趟哥特蘭島。尼爾斯從高空鳥瞰，發現哥特蘭島跟卡爾斯島一樣，有著又高又陡峭的岩石，只不過哥特蘭島大多了。

他們沿著海岸飛行，看到了許多發白的石灰岩峭壁，峭壁上雖然有洞穴跟石柱，但大部分的地方跟海岸都是平坦的。

晴朗的天空和風平浪靜的海面，讓他們在哥特蘭島上度過一個美好的下午。大地百花盛開，萬紫千紅花香陣陣，迎風飄盪的白楊枝條對著人們頻頻招手，大人小孩禁不住召喚，紛紛走出戶外。孩子追逐嬉戲，大人說笑歡唱，用歌聲與笑聲表達冬去春來的喜悅。

此後，尼爾斯只要想起哥特蘭島，就是一片歌聲陣陣，笑語盈盈的景象。雁群繼續往西岸飛，飛了好一陣子後，尼爾斯發現海岸上矗立著一座城市。

當時正值日薄西山，尼爾斯滿腦子都還是繁華的維納塔，當他們真正落地後，他才發現這兩座城市簡直是天壤之別。眼前這座城市叫威士比，這裡雖然也有昔日的城牆、碉樓與鐘塔，卻是斷垣殘壁，杳無人煙，沒有城門也沒有衛兵，房屋又矮又小，什麼裝飾都沒有。

尼爾斯走進沒有屋頂的教堂，看著沒有玻璃的窗戶，想起維納塔的彩繪玻璃與富麗堂皇；望著空蕩蕩的街道，想著維納塔的熙來攘往，「以前也有很多人在這裡生活吧？這裡也曾經有過各種工匠跟攤販吧？」

這兩座城市就像同一個人，前一天還穿金戴銀，隔一天卻衣不蔽體，強烈的對比降低了尼爾斯的失落感。

當晚，雁群在教堂的屋頂過夜，尼爾斯從頹敗的屋頂看著天空的晚霞，「如果維納塔沒有沉入海底，或許也變成這種殘破的古城了。如果這樣，還不如讓它保有原來的樣子，永遠留在海裡。」

「過去的就讓它過去吧！」尼爾斯告訴自己：「即使我有能力挽救那座城市，也不能保證它永遠繁華。」

15. 斯莫蘭傳説

四月十二日　星期二

尼爾斯跟馬丁從斯科納加入雁群，轉眼間已經來到斯莫蘭。

尼爾斯一心想好好的看一看斯莫蘭，阿卡卻說：「現在可不是在這裡逗留的時候，我們明天就必須趕往北邊的東約特蘭。」

一提起斯莫蘭，尼爾斯就想起奧薩姊弟。去年他為一戶農家放鵝時，幾乎每天都會遇到從斯莫蘭來的奧薩姊弟。奧薩是個聰明可愛的女孩，討人厭的是她的弟弟馬茲。

有一天放鵝的時候，馬茲說：「尼爾斯，你知道上帝是怎麼創造你們斯科納，和我們斯莫蘭的嗎？」

尼爾斯還沒回答，馬茲就自己接著說下去。

「上帝在創造世界時，一旁的聖彼得說他也想試試。上帝不放心把工作交給他，又不想讓他失望，就將已經做了一半的斯莫蘭交給聖彼得，自己再往南一點去創造斯科納。

上帝造好斯科納後，回去看看聖彼得的進展，很生氣的說：『你怎麼搞的？這麼多光禿禿的岩石跟砂礫，植物要怎麼生長？這邊都是湖泊、河流跟沼澤，水太多了；那邊又沒有水，全是乾旱的荒野，你到底在幹什麼？』」

「馬茲，我不許你把斯莫蘭說得這麼苦。」奧薩說。

「沒辦法，傳說是這麼說的。」

「你忘了我們還有很多麵粉工廠、造紙廠、火柴廠跟鋸木場？還有維辛瑟上的古蹟？」奧薩說。

「對，你說的都對，但那些都是上帝創造的，其他的就是被聖彼得搞砸了。聖彼得要上帝息怒，說他保證會在斯莫蘭捏出最棒的人。上帝卻說：『不行！你去斯科納吧！那邊的地我都已經造好了，現在由我來造斯莫蘭的人，你去造斯科納的人。』」

馬茲說：「所以，上帝創造了我們這些勤勞又樂觀的斯莫蘭人，為的就是可以在貧瘠的土地上過活。」

「那我們斯科納人呢？」尼爾斯問。

「你說呢？」馬茲揚著眉毛說。

尼爾斯看著一臉訕笑的馬茲，突然懂了！他一拳揮過去，旁邊的奧薩馬上像隻憤怒的母獅撲過來。

尼爾斯不跟女孩子打架，哼了一聲，轉身就走，整天都不再跟他們說話，也不再看他們一眼。

16. 烏鴉

斯莫蘭省的西南邊有個索耐爾布縣，索耐爾布縣與哈蘭省的交界處，有一大片遼闊而貧瘠的土地，那裡有一座低矮的烏鴉山，每到春天的時候，就有成群的烏鴉在那裡築巢、產卵，一大群嘎嘎嘎的叫個不停。

鴉群裡有一隻大烏鴉，他比所有的烏鴉更大、更壯，翅膀上還有一根白羽毛，卻因為笨手笨腳經常被欺負，因而有了「大笨呆」的綽號。日子久了，大家甚至忘了他的本名「白羽」。

白羽家族曾經統治鴉群，他們自律甚嚴，規定烏鴉只能吃小蟲、種子跟動物的屍體，導致大家的生活很貧困。後來，白羽家族被一隻叫黑炫風的烏鴉給推翻了，黑炫風便帶著烏鴉四處打家劫舍，偷吃鳥蛋，攻擊雛鳥和幼兔，過著強盜的生活。

大笨呆雖然不如祖先那麼精明，卻也因為這樣才保住小命。黑炫風跟他的太太黑飄飄，表面上對大笨呆很友善，暗地裡卻經常欺負他，兇殘的手段幾乎要了他的命。

大笨呆為了保命，只好躲到別處過夜。他在不遠處的山頂，找到了一間廢棄的小屋。小屋有一扇破窗塞著破布，他偷偷扯下破布，躲入小屋。從此，小屋成了他的祕密基地。

在一個平凡的午後，鴉群飛進一個沙坑，一大群黑壓壓的在那裡跳上跳下，飛來飛去。突然間，一大片沙土崩落，烏鴉一哄而散。當沙子不再坍塌後，沙堆裡露出一個大瓦罐，罐子上還有個木頭蓋子。

黑飄飄馬上過去啄那個蓋子，卻怎麼也打不開。接著換黑炫風，再換大笨呆，所有的烏鴉都試過了，蓋子卻文風不動。

「我幫你們打開好嗎？」

在場的烏鴉，全部望向聲音的來處。

一隻狐狸蹲在坑上，那是他們見過最漂亮的一隻狐狸，橘紅色的毛皮在陽光下顯得特別的耀眼，唯一的缺點就是右耳缺了一角。

「你願意幫忙的話，我們當然很高興。」黑炫風說。

狐狸跳進坑裡，用嘴巴去啃了啃罐子，又用腳把罐子滾來滾去。

「你聽得出來裡面是什麼嗎？」黑炫風問。

「聽這聲音，肯定是銀幣。」

烏鴉聽了，急得眼睛都快掉出來了，紛紛拍著翅膀說：「是會閃閃發亮的銀幣嗎？」烏鴉喜歡亮晶晶的東西，更何況是一大甕的銀幣呢？

「你們聽，這不是叮噹作響嗎？」狐狸又滾了滾瓦罐。

「天呀！一整罐的銀幣，一整罐啊！」烏鴉再也站不住了，他們拍著翅膀，一邊神經兮兮的叫著，一邊上上下下的飛著。

「我雖然打不開，但我知道誰可以打開。」狐狸又說。

「誰？是誰？」烏鴉一起大叫。

「有個小人兒肯定可以打開，不過，等他打開罐子後，你們得把他留給我，我跟他還有一筆帳要算。」

「成交！」黑炫風說完，馬上帶著五十隻烏鴉出發，去尋找那個騎在鵝背上的小人兒。

17. 綁架

四月十三日　星期三

這天清晨，雁鵝很早就起來活動了。

尼爾斯醒來又冷又餓，見到一隻松鼠剛剛進了森林，便尾隨過去，想跟他要點果子吃。松鼠越跑越遠，尼爾斯也跟著跑出了馬丁的視線。突然，有人從背後抓住他，把他提了起來。

尼爾斯回頭一看，有隻烏鴉咬住他的衣領，正想掙脫，又來一隻咬住他的襪子。當時尼爾斯如果開口求救，馬丁一定能夠來救他，是他太小看烏鴉了。尼爾斯掙扎著想脫身，烏鴉卻猛然把他往上拉，粗魯的在林間穿梭，「砰！」尼爾斯一頭撞上樹幹，兩眼發黑，昏了過去。

尼爾斯睜開眼睛時，已經不知道身在何方。等他完全清醒後，才明白自己是被烏鴉綁架了。太陽照在他的背上，他知道自己正被帶往西南方。一開始，他以為烏鴉是在惡作劇，於是請求烏鴉把他送回去，但無論他怎麼喊，烏鴉都不理他。途中遇到一隻游隼（ㄓㄨㄣˇ），他們還躲進杉樹林裡，五十隻烏鴉把尖嘴對著尼爾斯，不讓他求救。

「可以告訴我，為什麼綁架我嗎？」

「閉嘴！再叫就挖掉你的眼睛。」黑炫風說。

尼爾斯靜靜的觀察烏鴉，發現他們長相兇殘，羽毛髒亂，叫聲難聽，爪子帶著泥巴，嘴上也沾滿了屑屑，一副標準的流氓樣，跟雁鵝是完全不同的鳥類。「我遇到一群流氓了。」尼爾斯正想著，就聽到阿卡的雁群在空中叫著：「你在哪裡？我在這裡。你在哪裡？我在這裡。」

「小心你的眼睛。」黑炫風在他的耳邊說。

雁群在附近盤旋了一陣，又呼喚了幾次後，就飛走了。

「現在只能靠自己了，尼爾斯，看看你這幾個星期學到了什麼？」他對自己說。

過了一會兒，烏鴉又來咬他的衣領和襪子，尼爾斯馬上說：「你們就不能找一個來背我嗎？我已經被摔得鼻青臉腫，身體也快被撕成兩半了，讓我騎著走吧！我保證絕不往下跳。」

「誰管你！」黑炫風說。

「讓我來背他吧！」大笨呆站出來說。

「我沒意見，不過，你可別把他搞丟了。」黑炫風說。

尼爾斯一邊想著如何求救，一邊為自己打氣說：「冷靜！你一定能夠對付這些壞蛋！」

烏鴉帶著尼爾斯繼續往西南飛，那是一個風和日麗的早晨，有一隻公斑鳩正在唱情歌：「你、你、你，你最美麗。你、你、你，你最漂亮。」

從上空飛過的尼爾斯，馬上把雙手放在嘴邊，擴音大叫：「不要相信他！不要相信他！」

「誰？是誰在亂說話？」公斑鳩抬頭叫道。

「被烏鴉綁架的人。」尼爾斯大聲回答。

「閉嘴！」黑炫風又說。

「讓他叫吧！」大笨呆說：「這樣小鳥會以為我們很幽默。」

「他們才不會這麼傻呢！」黑炫風嘴上這麼說，心裡卻很贊同，就不再管尼爾斯了。

他們繼續往前飛，飛過教堂、村莊與茅屋，在一座花園上方，又聽到一隻公椋鳥站在樹上，對著正在孵蛋的雌鳥唱道：「寶貝蛋，寶貝蛋，我們的寶貝蛋，四個漂亮的寶貝蛋。」

「喜鵲會來偷走！喜鵲會來偷走！」

「誰？是誰在嚇唬我？」

「被烏鴉綁架的人。」尼爾斯大喊。

他們繼續往前飛，經過湖泊時，又聽到一隻公鴨對著一隻母鴨叫道：

「我永遠愛你！永遠愛你！」

「撐不過這個夏天！撐不過這個夏天！」

「哪個傢伙在亂講話？」

「被烏鴉綁架的人。」

吃午餐的時候，烏鴉降落在一座牧場。他們急著覓食，不關心尼爾斯是否也餓了。這個時候，大笨呆叼了一串紅果子給黑炫風說：「你吃吃看！這個很好吃。」

「呸！誰要吃這種東西！」

「我以為你會喜歡呢！」大笨呆扔掉果子，果子剛好掉到尼爾斯面前，尼爾斯馬上撿起來，塞進嘴裡。

午休的時候，烏鴉爭先恐後的說著自己的豐功偉業，說他們如何偷雞蛋、傷害小貓跟小兔子，還有偷走人類的銀湯匙……尼爾斯看他們沾沾自喜的樣子，忍不住開口說：「你們做了這麼多壞事，怎麼一點都不覺得羞恥？我跟雁鵝生活三個星期了，從沒見過他們做壞事。再這樣下去，你們很快就會被消滅的。」

「嘎！嘎！」烏鴉叫著撲向尼爾斯。

「別這樣！別這樣！」大笨呆擋在尼爾斯面前說：「他如果被我們宰了，回去怎麼跟黑飄飄交代？」

這番話救了尼爾斯，當天傍晚，烏鴉終於帶著尼爾斯回到烏鴉山。當時太陽雖然已經下山，天色卻還很明亮，黑飄飄帶著幾百隻烏鴉，浩浩蕩蕩的前來迎接。

大笨呆偷偷叮嚀尼爾斯：「我很喜歡你，所以提醒你，等一下他們會要你做一件事情，你千萬別中計。」說完，便把他送進沙坑裡。

尼爾斯雙腳一落地，就直接在地上躺平，好像快要累死了一樣。一大群烏鴉在他身邊叫著、跳著，不斷的搧動翅膀，他都不為所動。

「起來！」黑炫風說：「快起來。」尼爾斯繼續裝睡，黑炫風咬住他的手臂，把他拖到瓦罐前說：「起來！把罐子打開。」

「我累了，沒力氣了，明天再說吧！」

「現在就開！」黑炫風用力的搖晃他。

「這個罐子跟我一樣大，我怎麼打得開？」尼爾斯坐起來說。

「打開！不然有你好受的。」

尼爾斯摸了摸蓋子，雙手無力的下垂說：「讓我睡一個晚上，明天我就有力氣了。」黑炫風直撲尼爾斯，一口咬住他的腿。

「啊！」尼爾斯痛得大叫，掙脫後退了幾步，拔出小刀說：「你給我小心點！」

「臭小子！」黑炫風不顧一切的衝向尼爾斯，卻不小心撞到刀上，刀子直接從他的眼睛插進腦袋，尼爾斯抽回小刀，黑炫風往前一倒，死了。

「黑炫風死了！黑炫風死了！他殺了我們的首領！」數百隻烏鴉哭叫著，嚷著要報仇，一起撲向尼爾斯，大笨呆卻張開雙翅，護住尼爾斯。

尼爾斯想找個地方躲，見到一旁的瓦罐，馬上「啵！」的打開，罐裡竟然有滿滿的銀幣。他把銀幣往外扔，一把一把的扔，烏鴉見到銀幣眼睛都亮了，爭先恐後的去搶奪，搶到銀幣的烏鴉馬上飛回自己的老巢。

尼爾斯把所有的銀幣都扔完後，抬頭一看，沙坑只剩下大笨呆。

「你幫了我一個大忙，」大笨呆說：「坐到我的背上來吧！我帶你去一個安全的地方，明天再送你回去雁鵝身邊。」

18. 小屋

四月十四日 星期四

尼爾斯從床上醒來，發現自己睡在一間有牆壁和屋頂的房子，以為自己回到家了。

「媽媽的咖啡煮好了吧？」他彷彿聞到了咖啡香，卻馬上想起被烏鴉綁架的經過。

這些兇殘的傢伙不但讓他留下皮肉傷，還有面對死亡的恐懼，脫離險境後的他，突然感到四肢無力、渾身酸痛。現在既然可以躺在床上休息，他要多賴一會兒。

「這是誰的房子？怎麼沒住人？」尼爾斯從沒見過這麼小又這麼簡陋的房子，牆壁就只是幾排木頭綁在一起，天花板也沒有裝飾，一眼就看到屋脊；爐灶跟鍋子都在，看起來應該很久沒有使用了，但主人似乎還打算要回來。尼爾斯突然兩眼一亮，有個麵包掛在鐵鉤上。看起來雖然已經發霉了，但那畢竟是麵包啊！他馬上跳起來，拿工具把麵包敲下來，他邊吃邊拿，裝了滿滿的口袋，想不到發霉的麵包這麼美味。

他在屋裡四處走動，看看有沒有什麼用得到的東西，除了幾根火柴外，其他的東西都太重了。

「我回來了！」大笨呆從破窗鑽進來說：「有點事情耽擱了，因為我們今天選了一個新的首領。」

「誰當選了？」

「一個不容許偷竊和搶奪的首領——綽號大笨呆的白羽．卡姆。」他抬頭挺胸，擺出王者的姿態說。

「太棒了！選得好！恭喜你！」

「謝謝！」白羽才開始說起以前的日子，尼爾斯突然聽到窗外有個熟悉的聲音說：「在這裡嗎？」

「沒錯，他一定藏在裡面。」

「小心，黑飄飄跟狐狸來了！」

白羽才剛說完，斯密爾就直接撞壞窗戶，跳進屋裡，躍上桌子，一口咬死了白羽。

突如其來的變故，讓尼爾斯來不及傷心，就急著逃命。小屋太簡陋了，可以躲藏的地方實在不多，他跑到一團棉球後面，眼看狐狸就要撲過來了，馬上劃了根火柴，點燃棉球，扔向狐狸。

「我的媽呀！」斯密爾嚇得再度跳窗。

尼爾斯雖然避開了危險，卻讓自己陷入一場更大的災難。火苗一碰到床單，火勢便蔓延開來，很快的整個床鋪都燃燒起來了，火勢一發不可收拾，想滅火已經來不及了。

「好呀！尼爾斯，」斯密爾在窗外喊道：「你選哪一條路？是要在裡面活活的燒死？還是出來送死？不管你選哪一個，我都很高興。不過，我還是比較想一口吞了你。」

小屋裡濃煙四起，火舌亂竄，炙熱難耐的尼爾斯跳到爐子上，正想打開烤爐的門找通風口，就聽到有人在轉動鑰匙的聲音。

大門打開了！尼爾斯不顧一切奪門而出。他怕斯密爾追上來，不敢跑遠，心想只要有人在，斯密爾就不敢輕舉妄動。

尼爾斯脫離險境後，才回頭看看開門的是誰。想不到竟然是去年夏天跟他一起放鵝的奧薩姊弟。

浴火重生的尼爾斯，見到老朋友就高興得大叫，一邊揮手一邊跑向他們說：「嗨！奧薩！嗨！馬茲！你們好哇！」

姊弟倆旅行了一段時間，才剛回到老家，就發現家裡著火了，目瞪口呆的兩人，看到小人兒喊著自己的名字狂奔而來，嚇得魂都飛了，只能緊緊的抱在一起。

尼爾斯看他們嚇成那個樣子，這才想起自己的怪模樣，羞愧的他顧不得危險，轉身就跑。

當他跑入草叢中，馬丁一眼就看到他了。馬丁跟丹芬一直在找他，沿途循著他留下的訊息，找到這裡來。馬丁見他跑得那麼慌張，趕緊一口叼起他直奔天際。

19. 老農婦

四月十四日　星期四

馬丁告訴尼爾斯，自從他失蹤後，阿卡就要雁鵝兩兩一組，分頭去找他，並約好在一定的時間內到塔山會合。

空中洋溢著重逢的喜悅與和諧的振翅聲，尼爾斯滔滔不絕的說著，說自己是怎麼被擄走的，又是如何冒著眼睛被戳瞎的危險，努力的留下訊息。還有，善良的白羽和那場小屋的大火……

說著說著，天色晚了，馬丁跟丹芬也都累了，天空開始下起雨來，他們需要趕快找個地方過夜。

「真糟糕，這裡的湖泊跟沼澤都結冰了，狐狸隨時都會跟過來。」雨勢越來越大，風勢也越來越強，尼爾斯看著兩個昏昏欲睡的伙伴想：「如果阿卡在這裡就好了。」

馬丁和丹芬頂著風雨，昏昏沉沉的飛著，尼爾斯張大了眼睛，認真的尋找過夜的地方，飛了很久後，尼爾斯突然說：「我們下去看看，那邊好像沒人。」

那是一個偏僻的農莊，窗戶沒有亮光，煙囪也不冒煙。院裡空無一人，四周也沒有鄰居。

他們一落地，馬丁跟丹芬馬上就睡著了。尼爾斯環顧四周，想找個更安全的地方。這是一個不算小的農莊，除了有農夫居住的房子外，還有擺放農具的倉庫、儲藏室、馬廄跟牛舍，以及一整排放乾草飼料的棚子。

農莊的設備這麼齊全，卻給人一股荒涼感，歪歪斜斜的牆壁長滿了苔蘚，木門的卡榫有些脫落了，就這樣卡在柱子上。

尼爾斯搖醒馬丁跟丹芬，要他們去牛舍裡躲雨。還好這些門都只用一個鐵鉤鉤住，尼爾斯很輕易就打開了。

「咿呀！」門開了。

「哞！哞！」一頭母牛大聲叫著：「你可來了，我以為你今天不給我飯吃呢！」

尼爾斯呆站了一會兒，發現裡面不止有一頭母牛，還有三、四隻雞。他鼓起勇氣說：「你們好！我的朋友累壞了，外面又下著雨，我們想找個安全的地方過夜，不知道可不可以讓我們在這裡借宿一晚？」

「沒問題。」母牛說：「這裡的牆壁雖然快傾斜了，但狐狸無法進來。我們的女主人是個獨居的老太太，她不會抓你們的。只是，你們是幹什麼的？怎麼會在這裡？」

「我是從西威門赫格來的尼爾斯，這是我朋友馬丁跟丹芬。」

「雖然我以為是女主人來為我送飯的，還是很歡迎你們。」母牛說。

尼爾斯將馬丁跟丹芬安置在一個舒服的牛欄裡，自己再用牧草鋪了張小床，他已經很累了，卻怎麼也睡不著。因為可憐的母牛還餓著肚子，她在棚子裡焦躁的走來走去，脖子上的牛鈴叮叮作響。

尼爾斯靜靜的躺著，想著這幾天發生的事情，想起自己燒了奧薩的家，就無比的愧疚，他暗自發誓，將來如果可以再變回人，他一定要設法彌補自己的過失。接著，他想到白羽三番兩次的維護自己，好不容易當上烏鴉的首領，竟然就失去性命，又難過得流下淚來。

「你來自農家，應該知道怎麼照料母牛吧！」母牛打斷他的思緒。

「你需要什麼？」

「我需要別人幫我擠奶、為我刷毛，還要給我足夠的飼料。女主人傍晚來過，但她病得很重，很快就回屋裡去了。」

「可惜我力氣很小，幫不了你這些忙。」

「你可別騙我，聽說小矮人都有法術，動動手指就能拉動馬車，一拳就能打死一頭牛。」

「我可不是那種會法術的矮人，不過，我可以為你解開繩子，放你出去喝水。我再去幫你拿些牧草過來。」

「好，謝謝你！」

尼爾斯放母牛出去喝水，又幫她把牧草裝滿，正想回去睡覺，母牛又說話了。

「你要睡了嗎？我想再麻煩你一件事情。」

「沒關係，只要我幫得上忙，我都願意。」

「請你去看看我的女主人，我擔心她是不是出事了？」

「這可不行，我不敢在人類面前露臉。」

「只是個生病的老太太，你只要站在門外看一眼就好。」

「好吧！我去看看。」

尼爾斯冒雨走進院子裡，他那樣一個小人兒，獨自走在這樣的夜裡是非常危險的。更令他膽戰心驚的是，還有七隻貓頭鷹停在屋梁上。短短的一小段距離，對他來說，彷彿是要征服聖母峰一樣。他在半路就被狂風吹倒了兩次，有一次還被吹進水溝裡差點淹死。但無論如何，他還是走到屋子了。他吃力的攀上臺階，從門縫張望。

他才看了一眼，就不敢再看了。地上躺著一個滿頭白髮的老婦人，動也不動，臉色像死人一樣慘白——對，跟死人一樣慘白。他想起外公過世的時候，就是這種臉色。他肯定老婦人已經死了，他不敢進去看死人，馬上用最快的速度奔回牛舍。

「原來女主人死了啊！」母牛不再吃草，哀傷的說：「看來我也活不久了。」

「總會有人照顧你的。」尼爾斯說。

「我已經比一般的牛還要長壽了，一般的牛早就被宰了，是女主人捨不得我，才一直養著我。既然她已經無法照顧我了，我也不想再活了！」

母牛不再說話，尼爾斯注意到她既不吃草，也不睡覺。過了一會兒，母牛又問：「她是躺在冷冰冰的地上嗎？」

「是的。」

「可憐的主人！她經常跟我吐露心事，雖然我無法回答她，但我很了解她。最近她常說，她很怕自己死的時候，身旁一個人都沒有，沒有人幫她把眼睛闔上，也沒有人幫她把手搭成十字。你可以去幫幫她嗎？」

尼爾斯想到又要跑一趟，就覺得可怕。但是外公過世時，媽媽也是很溫柔的幫外公擺好身體，讓他有尊嚴的離開。

母牛看他不說話，又說：「女主人年輕的時候，總是精力旺盛，她把幾個孩子照顧得很好，又幫丈夫飼養牲畜，但孩子還小的時候，男主人就過世了，她一肩扛起養家的責任忙著耕種、收割，教養孩子，有好幾次她都累得哭出來，最後還是擦乾眼淚，告訴自己：『等孩子長大後，我就輕鬆了。』

想不到，孩子們長大後，一個個飛去國外，再把他們的孩子留給他們的老媽媽照顧。女主人只好打起精神，繼續照顧她的孫子，再次告訴自己：『等他們長大了，我就有好日子過了。』

結果這些孫子長大後，也飛到國外找他們的父母了，她經常告訴我：『你說，他們在國外過得好好的，我怎麼能把他們留在身邊呢？』

當最小的孫子離開後，她一夕之間就老了，不但頭髮全白了，背也駝了，腳步也蹣跚了。她任由農莊荒廢，不再像以前那麼勤快了。她賣掉所有的牛，只留下我。她大可請人來幫她工作，但她不想見人，寧可跟著這座農莊一起老去。

孩子們一直寫信，邀她去國外住，她卻不想離開自己的國家，自己的土地。她經常看著眼前那一大片沼澤說：『如果這是一片肥沃的土地，孩子們就不用離鄉背井了。』

昨天，有兩個農夫想買她的土地，說要在那裡蓋排水溝，讓這片土地變得更適合耕種。她高興的回到屋裡，說要寫信給孩子們，跟他們說可以回來了……」

尼爾斯默默的走出牛舍，回到老婦人的屋裡。他鼓起勇氣，冷靜的看著四周，這裡並沒有想像中的空蕩，有從美國寄來的搖椅、桌布跟棉被。牆上還掛著一個大相框，裡面是孩子們的全家福。櫥櫃上有個大花瓶和一對燭臺，尼爾斯點亮了蠟燭。

他幫老婦人闔上眼睛，再把她的手拉到胸前，交叉成十字。還細心的將她的白髮攏到耳後。他不再感到害怕，只覺得這是一位令人敬佩的女士，他為她晚年的孤苦感到難過，他想：「至少，我可以在這裡陪她，為她守靈。」

尼爾斯找來聖經，坐下來為老婦人念了幾段讚美詩，念著念著，他想起了自己的父母。他看著牆上的照片，對裡面的人說：「你們遺棄了自己的媽媽，你們再也無法彌補了！你們的媽媽死了，我的媽媽還活著！」

尼爾斯停頓了一下，喃喃自語說：「我媽媽還活著！我的爸爸媽媽還活著！」

20. 陶肯湖

四月十五日　星期五

尼爾斯一夜沒睡，天快亮時，才迷迷糊糊的進入夢鄉。沒想到，夢中的父母竟然滿頭白髮，皺紋滿布，老得他都認不出來了。尼爾斯問他們，怎麼會變成這樣？他們說都是因為太思念他了。

尼爾斯醒來後，天氣已經轉晴。他在屋裡吃了一塊麵包，就去餵馬丁、丹芬和牲畜。接著，他把牛舍的門打開，讓母牛自己去鄰近的農莊，只要鄰居看到她，就會知道老婦人出事了。

事情都安排妥當後，他們便啟程了。他們在約定的時間內到達塔山，雁鵝們一見到尼爾斯，就高興的鳴叫，瘋狂的拍翅。那天他們很快樂，在天上飛行的時候，還不停的大聲鳴叫，惹得人們紛紛抬頭，對他們行注目禮。

兩天後，他們來到陶肯湖。

陶肯湖位於維特恩湖東岸，歐姆山的東邊，是瑞典最負盛名的鳥湖。人們看到這麼大的一座湖泊，便想用來耕種，三番兩次抽去湖水。雖然幾次都沒有成功，卻導致水位下降。最後，陶肯湖的最深處不過兩個人高，低窪處卻成了一個個泥濘的小島。

陶肯湖的外圍長著又高又密的蘆葦叢，這些蘆葦是天然的綠屏風，將人類擋在外面，護住了野鳥的安樂窩。大小不一的水塘裡，長滿了碧綠色的水菜、小蟲、孑孓跟小魚，鳥兒在湖中覓食，在島上棲息下蛋。從四面八方飛來的鳥類，就像入住旅館的旅客，彼此交換著訊息。

一隻小水鴨呱呱呱的說著：「聽過雅洛的故事沒？受傷的綠頭鴨雅

洛，被農場的主人救起，主人細心的照顧他，等他痊癒後還讓他回到陶肯湖。當他欣喜的跟同伴說『我們都誤會人類了，他們對我很好……』的時候，突然，『砰！』的一聲，同伴中槍了。」

原本聒噪的鳥類都安靜下來了。接著，小水鴨又說：「雅洛那時候才知道，主人救他是有目的的，主人要用他來吸引鳥類，當捕鳥的誘餌。」

「太可惡了！人類實在太狡猾了！」

「為了吃我們的肉，他們什麼事都做得出來！」

「咳！咳！」一陣清喉嚨的聲音，讓大家安靜了下來。一隻本地的綠頭鴨接著說：「雅洛不想幫人類做壞事，卻又無法逃脫。唉！只要你們聽到：『走開，別過來！快走開！』的尖叫聲，就是可憐的雅洛……」

原本憤恨不平的鳥類，都不再說話了。尼爾斯看著這群哀傷的野鳥，羞愧得無地自容，他第一次覺得當人類真可恥。

隔天一早，雅洛出現在一個小泥島上，對著企圖接近他的鳥類吼道：「走開，別過來！快走開！」他很討厭這樣的自己，原本的他喜歡交朋友，現在的他卻不能有朋友，一個都不行！

他看似可以自由活動，其實身上罩著一張網子，網上還繫著一條長繩，繩子的另一端綁在船上。帶他過來的獵人，就躲在不遠處的蘆葦叢裡，等著小鳥上門。那張套在他身上的網子，就像一個解不開的枷鎖，緊緊的困住了他。

雅洛呆呆的看著湖面，想著自己剛到主人家時，小主人有多麼的歡喜，不但每天為他採集嫩草，還「雅洛、雅洛」的叫個不停；女主人是那麼細心的照顧他，經常用溫暖的雙手撫摸他……結果，親自為他套上網子的，也是女主人。

正在發呆的雅洛，突然看到眼前漂來一個廢棄的鳥巢，上面站著一個小人兒，小人兒撐著一根樹枝，朝他這邊划來。

「雅洛，盡量往水邊靠近，做好起飛的準備。」尼爾斯叫著。

過了一會兒，來了一批鷿鷉。過了一會兒，又來了一群野雁，雅洛馬上大聲示警。但他們不走，還在小島上方來回盤旋，他們飛得很高。

「砰！」獵人開槍了。

尼爾斯割斷雅洛身上的網子說：「快！趁他還在裝彈藥，趕快走！」

獵人只顧著天上的鳥，沒有發現雅洛就要飛走了。主人的獵犬突然跑來，一口咬住雅洛，尼爾斯對那隻獵犬說：「你如果是隻正派的狗，就不會強迫他留在這裡當誘餌。」

那隻獵犬苦笑了一下，放開雅洛說：「走吧！雅洛，我不是不讓你走，只是家裡沒了你，就太寂寞了。」

雅洛終於回到同伴身邊，重獲自由的他在大家的包圍下度過一個溫馨的夜晚。隔天一早，他還在睡夢中，就聽到一個童稚的聲音叫著：「雅洛、雅洛，你在哪裡呀？」

雅洛一聽，那是小主人的聲音。小主人竟然出現在湖中的小船上，對他聲聲呼喚。雅洛拍著翅膀，像支綠色的箭，筆直的飛向小主人。

「雅洛！雅洛！」小主人親密的摟著雅洛，雅洛也乖巧的窩在他的懷裡。

不久，雅洛突然大叫：「進水了！進水了！」可是小主人聽不懂，他為了尋找雅洛，獨自上了湖邊的小船，卻不知道這是一艘廢棄的破船。情況緊急，雅洛馬上向尼爾斯求救，在一陣手忙腳亂後，小主人終於在尼爾斯的指揮下，讓小船慢慢靠岸，他的小腳丫才剛踏上岸，小船就沉沒了。

農場這邊早就馬仰人翻了，當他們發現小主人走失了，就搜遍每一寸土地，又在陶肯湖繞了好幾圈，直到天黑還是一無所獲。當大家都認為小傢伙已經遇難了，女主人還是不放棄。她繞著湖一寸寸的找著，一邊叫著孩子的名字，一邊把泥濘的雙腳踩進泥巴，再吃力的拔起來，再踩下去……她沒有時間流淚，也不管被多少樹葉給劃傷，只是不斷的走著，一次又一次的呼喚著她的孩子。

「嘎！嘎嘎！」

此起彼落的鳥叫聲，哀怨淒楚的迴盪在她耳邊，「這些鳥媽媽也在呼喚著她們的孩子。明天湖水抽乾後，小鳥就找不到家了，這些鳥媽媽會叫得更心急……」

她找了好久，直到再也撐不住了，才回到家裡。身心俱疲的她，告訴一旁的丈夫說：「明天要抽乾湖水，孩子今天就失蹤了。這一定是上帝的旨意！上帝在警告我們，做人不能貪心。住手吧！我只求孩子平安回來。」

男主人從摀著臉的雙手中抬起頭來，淚流滿面的說：「天一亮，我就去終止這項計畫。」

一旁的獵犬聽到他的承諾，馬上去扯女主人的裙子，將她帶到陶肯湖畔，汪汪叫了幾聲後，孩子響亮的哭聲就劃破夜空，傳進母親的耳裡。

男孩終於回到母親的懷抱，又餓又累的他趴在媽媽的肩上，眼皮慢慢的往下垂，在雙眼快要閉起來之前，他見到一個坐在鵝背上的小人兒，揮著小手跟他說再見。

「他再不回去，我都快累死了！」當了一天保母的尼爾斯，揮完手後倒頭就睡。

21. 木鞋

四月二十二日　星期五

尼爾斯還在陶肯湖的時候，有一天夜裡，聽到兩個漁夫談起了東約特蘭的傳說，他們說在很久以前，東約特蘭有個未卜先知的老太太，經常有人去找她算命。

有一天，有個窮苦的農夫走進她的家裡說：「我有個問題想請教您，不知道您方便嗎？」

老太太一如往常的坐著紡紗，一邊說道：「你除了問我你的田裡會不會豐收，還能問我什麼？來我這裡的人，問的都是自己的問題，皇帝要知道自己會不會失去皇位，教皇要知道自己能不能繼續為上帝掌管天堂的鑰匙。」

「是這樣沒錯。但我也聽說了，來這裡問問題的人，通常無法得到滿意的答案。」

「哦！既然如此，你為什麼還來？我倒想聽聽你的問題是什麼？」

農夫說：「我只想知道，我的故鄉東約特蘭將來會怎麼樣？」

「你要問的就是這麼點小事？」

「在我心裡，故鄉的事都是大事。」

「好吧！我的答案會讓你滿意的，你的故鄉有一種東西是其他省分比不上的。」

「是什麼？請你說清楚一點。」

「難道你不知道東約特蘭已經遠近馳名了嗎？到處都有教堂跟修道

院，將來還會有許多豪華的宮殿，很多人會到那裡去朝聖或觀光。」

「就這樣？」

「這樣你還不滿足？」

「這些都只會盛行一時，如果將來沒落了，該怎麼辦？」

「這你就別擔心了，如果將來沒落了，你的家鄉還會因為蘊含豐富的鐵礦跟森林得到大家的矚目。在更久之後，還會發現溫泉，人們會過來這裡度假療養。」

老太太看他一臉不滿足的樣子，又繼續說：「將來這裡還會開出一條橫貫全省的運河……」

「可是，世上沒有一件事情是不會變的，我擔心……」

「擔心這麼多幹麼？」老太太不耐煩的說：「告訴你，有一種東西是不會變的——在這個省裡，永遠會有像你這樣傲慢又固執的農夫，直到世界末日！」

「謝謝您！聽您這麼說我就放心了！不管將來我的家鄉怎麼改變，只要我們有堅忍不拔的精神與強烈的榮譽感，東約特蘭都不會沒落的。」

四月二十三日　星期六

當鵝背上的尼爾斯俯瞰東約特蘭時，果然看到傳說中的教堂，他數著白色的教堂，數著數著，很快就數到五十，接著就亂了。

調皮的雁鵝依然對地上的動物叫嚣喊話，惹得動物們氣急敗壞的仰天長嘯，在一陣嬉鬧過後，尼爾斯突然大叫：「馬丁，馬丁，我的鞋掉了。」

馬丁立刻回頭，正想降落，尼爾斯的小木鞋，已經被撿走了。

「來不及了，往上飛！往上飛！」尼爾斯大叫。

放鵝女孩奧薩跟她的弟弟站在小路上，端詳著從天而降的小木鞋。

「是雁鵝掉的。」馬茲說。

「你還記得嗎？」奧薩想了想，說：「我們經過修道院的時候，聽說有人見過一個穿著皮褲跟木鞋的小矮人；還有個小女孩說，她看到一個穿著木鞋的小人兒騎在鵝背上；我們回老家的時候，不是也見到一個一模一樣的小人兒？他後來也是被鵝載走了。我想，可能是同一個人，這木鞋就是從剛才那群雁鵝掉下來的。」

「對，一定是這樣沒錯。」

「等等！」奧薩把鞋反過來，「上面有字呢！」

「真的，但是字好小喔！」

「我再看看……西威門赫格的尼爾斯．霍格森。」奧薩倒抽一口氣，看著馬茲。

「怎麼會這樣？」馬茲睜著大眼睛說。

22. 卡爾與灰皮子

在東約特蘭省與南曼蘭省交界的地方，有一座科爾馬登山，科爾馬登的礦場裡有一條叫卡爾的獵犬，卡爾喜歡亂咬綿羊跟母雞，主人受不了他的壞習慣，準備把他帶到森林裡，一槍斃了他。

卡爾是條聰明的小黑狗，他聽得懂人話，也知道自己即將面臨什麼下場。可是他卻一點都不害怕，還故意搖著尾巴叫著：「我一點都不後悔，如果不能追逐獵物，活著還有什麼意思？」

卡爾嚎叫了一陣，突然想起昨夜他把一頭小鹿追進了沼澤區，隨後趕來的母鹿也跟著跳進去，眼看著他們就要走出來了，母鹿卻突然陷進泥沼裡，越陷越深，幾乎要滅頂了。卡爾原本只想捉弄小鹿，卻沒料到會害他們陷於險境，嚇得趕緊跑回家。

臨死前的卡爾越想越不安，他想確認一下母鹿跟小鹿的情況，便奮力掙脫了主人，一口氣奔向沼澤。

主人隨著卡爾的叫聲追到沼澤後，發現母鹿已經死了，而卡爾正在舔著奄奄一息的小鹿。

主人不但饒了卡爾一命，還收留了小鹿，並把小鹿取名叫灰皮子。

失去母親的灰皮子，原本已經快活不下去了，幸好有卡爾細心的陪伴，才活了下來。五年過去了，灰皮子不但長得高又壯，也跟卡爾培養出父子般的情誼。

有一天，卡爾聽到主人要將灰皮子賣給國外的動物園，便急著告訴灰皮子這個消息。想不到灰皮子卻很認命的說：「既然被賣掉了，就只能離開了。」

卡爾看著正在吃苜蓿的灰皮子說：「你乖乖的去動物園是對的，你會待在一個很大籠子裡，無憂無慮的過一生。比較可惜的是，你在這裡住了這麼久，還沒看過這座森林。將來若是有別的鹿問起，你從哪裡來？你的家鄉長什麼樣子？你如果答不上來，可是會被瞧不起的。」

當天夜裡，卡爾就帶著第一次跳出柵欄的灰皮子，走進森林裡。他帶著灰皮子去看駝鹿[1]群聚過冬的杉樹林，去嘗嘗槲樹、白楊的樹葉跟樹皮。又帶著灰皮子來到靜謐的湖邊，在灑滿月光的湖裡，灰皮子第一次體會游泳戲水的樂趣。

上岸後，他們又在草坪上發現一頭公鹿，帶著幾隻母鹿跟小鹿在吃草。卡爾說：「將來你的角也會跟那頭公鹿一樣大，如果你留在森林裡，便可以率領自己的鹿群。」

他倆回家後，灰皮子從柵欄外看著自己以前的小天地，想起森林的一切，便告別了卡爾，把頭一仰，衝進森林裡。

灰皮子在森林裡跑著、繞著，當他經過一個爛泥地時，吵醒了一條大黑蛇，大蛇對他凶猛的吐信，灰皮子慌亂下，一腳踩扁了他的腦袋。

死的是一條名喚老無害的無毒母游蛇，她跟另一半老無助是森林裡最老的游蛇夫妻檔。當老無助看到老伴的屍體，便誓言復仇。老謀深算的他，看著樹上爬滿了灰白色的小蟲，知道那是修女蛾的幼蟲，當下便有了主意。

幼蟲繁殖得很快，無論走到哪裡，都聽到他們嚙食樹葉的聲音，聞到相同的味道，森林瀰漫著一股不安的氣息。憂心忡忡的動物，請卡爾帶他的主人來看。

人類先將蟲害最嚴重的樹木砍倒，再修剪枝芽，防止小蟲爬到另一棵樹上。接著，在樹幹貼上膠環，阻止小蟲爬下來。他們還在森林外圍開了一條大馬路，將未染蟲害的森林區隔開來……

1 駝鹿的角扁平如鏟，是世界上最大的鹿科動物；幫聖誕老人拉雪橇的是馴鹿；麋鹿指中國的四不像或加拿大／歐洲馬鹿。駝鹿在北美稱為moose，在歐洲稱為elk，灰皮子是駝鹿。

結果，夏天一到，幼蟲更多了，他們從森林爬到馬路、圍牆跟房子上，爬滿了整座山。

森林的動物已經求助無門，老無助便在這個時候散布消息說：「都是灰皮子造的孽！灰皮子曾經殺死一條無毒的游蛇，就是因為他濫殺無辜，才會為森林帶來災害。只有他離開森林，森林才能復原。」

灰皮子是罪魁禍首的消息，迅速的傳播開來。卡爾對準備離去的灰皮子說：「聽他在胡扯，難道你走了，森林就有救了？」

「我不知道他是不是在胡扯，但我的確在無意間打死了一隻無害的動物。如果我的離去可以幫助森林，那我就該義無反顧。」

灰皮子真的離開了森林，也離開了卡爾。

想不到他走了以後，事情果然有了轉機，那些幼蟲竟然生病了。難以置信的卡爾告訴自己：「不管老無助說的是真是假，只要小蟲全死光了，我馬上去咬死他。」他深深的思念著灰皮子，卻又不得不等了整整兩個夏天，蟲害才完全平息。

蟲害過去後，卡爾也老了，老得再也沒有力氣去咬死一條游蛇。

23. 復仇

這一天，阿卡的雁群降落在森林的湖邊，掉了一隻木鞋的尼爾斯，走進樹林裡，想找點東西來裹腳。走著走著，後面傳來一陣聲響，回頭一看，一條大蛇正飛快的朝他衝來。

尼爾斯見那蛇的腦袋旁各有一個白色斑點，知道那是一條無毒的游蛇，心想：「他不會傷害我的。」

想不到那游蛇竟瘋了似的飛奔過來，一口氣撞倒了他。尼爾斯一骨碌爬起來，拔腿就跑，那蛇還緊追不捨。尼爾斯迅速的爬上一塊光滑的石頭，見蛇又快速的跟了過來，便用力推動一塊鬆動的大石頭，「砰！」一聲，正中目標，那蛇掙扎了幾下，就一動也不動了。

「咻！」一隻很像烏鴉的黑鳥飛來，停在游蛇旁邊。尼爾斯剛從蛇口逃生，又想起曾經綁架他的烏鴉，便悄悄躲進一旁的石縫裡。

黑鳥在游蛇旁邊跳來跳去，不斷的用嘴去翻動他，最後還張開翅膀叫道：「這是老無助啊！」他繞著蛇走，邊走邊想，還不時用爪子抓抓後腦勺，「這麼大的游蛇一定是老無助！」

他把嘴伸向蛇肉，突然又停住說：「巴塔基，你不能幹傻事啊！卡爾都還沒看呢！你可不能吃了他。」

尼爾斯看他一會兒抓耳撓腮，一會兒又自言自語，忍不住笑出來，走上前去說：「你是阿卡的好朋友，渡鴉巴塔基嗎？」

黑鳥看了看尼爾斯，點點頭說：「跟著阿卡旅行的小人兒就是你？」

「沒錯，我叫尼爾斯。」

「太好了！你知道是誰殺了這條老游蛇嗎？」

「是我呀！誰叫他莫名其妙的攻擊我，是我用石頭砸死他的。」

「幹得好！」巴塔基說：「卡爾如果知道這個消息一定會很高興的。我代他謝謝你！」

巴塔基告訴尼爾斯關於灰皮子、卡爾和游蛇之間的恩怨情仇，尼爾斯聽完後默默的坐了一會兒，看著前方說：「那現在的森林還好嗎？」

「大部分都被毀壞了，要恢復還要很多年。」

「這條蛇真該死，不過，我懷疑他是否有能耐讓修女蛾得病。」

「他可能沒那個能耐，但是他年紀很大了，應該知道蟲子經常會自己得病。不過，我也不得不說，他的確是一條聰明的蛇。」巴塔基說：「你聽！卡爾正在跟阿卡說話。」

他們一起走向岸邊，「那就是卡爾，先讓他聽聽阿卡說了些什麼。」

阿卡說去年他們在旅途中遇到三頭鹿，那頭公鹿為了保護家人，忍痛負傷引開獵人，他盡全力的奔跑，跑了兩三個小時，直到再也跑不動了，才對著他們喊道：「請你們到科爾馬登告訴獵犬卡爾，告訴他灰皮子死得很光榮！」

「謝謝你，阿卡！」年邁的卡爾突然站起來說：「灰皮子知道，當我聽到他光榮的死去，一定會為他感到高興的。」說完，就跌倒了。

「卡爾，卡爾！」

「主人在叫我了！」卡爾吃力的爬起來，蹣跚的走著。

「等一下！」尼爾斯跟巴塔基跑出來，告訴他老無助死亡的消息。

「謝謝你們！我現在終於可以死而無憾了。」

24. 鬼園丁

四月二十四日 星期日

雁群繼續往北飛，尼爾斯在鵝背上俯瞰著南曼蘭省，這裡有山谷、湖泊、丘陵、針葉林和闊葉林、耕地與沼澤地，什麼都有。

「今天一定是星期天，大家都上教堂做禮拜。」

他們沿途經過好幾座教堂，有正在舉行婚禮的新人，也有緩慢行進的送葬隊伍，悅耳的鐘聲響徹雲霄。

尼爾斯聽著一聲又一聲的鐘聲，感到無比的心安，「在我們國家，無論走到哪裡，都可以聽到教堂的鐘聲。」

過了一會兒，尼爾斯發現地上有個黑點。起初他以為那是一隻狗，但那狗也跟太久了，跟著他們穿過森林，越過河流又跳過籬笆，那一定是斯密爾，只有他才會這樣的窮追不捨。

雁鵝全速前進，直到把狐狸遠遠的拋在腦後才轉彎。尼爾斯沿途見到一座古老雅緻的莊園，希望可以在那裡過夜，想不到雁鵝竟然停在一片泥濘的草地上。這是他跟著雁鵝旅行以來，住過最糟糕的地方了。當天晚上，他就趁著雁鵝睡著後，偷偷的跑向那座莊園。

尼爾斯在途中經過一戶農家，他們正圍著火堆在聊天，正在說話的是一位老太太。

「我們南曼蘭省最多的就是大莊園跟鬼故事。就在莊園的北邊，現在是樹林的山坡上，以前是一座很大的宮殿。當時掌管的人是卡爾先生，有一天，他正讚嘆眼前的湖光山色，忽然聽到有人嘆氣。他回頭一看，是一個拿著鐵鍬的老園丁。

『你為什麼唉聲嘆氣？』卡爾先生問。

『我從早忙到晚，總是會累的。』園丁說。

『可以在這麼漂亮的花園裡工作，還有什麼好抱怨的？要是我能在這裡挖一輩子的地，不知道會有多高興呢！』

『希望你說到做到。』園丁說。

聽說卡爾先生死後一直無法安息，天天在那個大花園裡挖土。」

老太太停下來，往尼爾斯那邊瞧，說：「那裡是不是有什麼東西？」

「應該是老鼠吧！這幾天發現了一個老鼠洞，我還沒把它堵住。」她媳婦說：「你繼續講吧！」

「我爸爸就親眼見過卡爾先生。有一年仲夏夜，他經過森林，突然見到一堵很高的牆，他對森林很熟悉，卻從沒見過這座花園。花園的園丁突然走出來，問他想不想進去逛逛。那個園丁穿著工作服，拿著一把鐵鍬，但是額頭有撮蓬鬆的頭髮，還留著山羊鬍，我爸爸一眼就認出來那是卡爾先生，他在很多莊園裡見過卡爾先生的畫像。」

老太太說到緊要關頭，又看著尼爾斯的方向，一臉慘白的說：「我累了，今天就到這裡吧！」

人群散去後，尼爾斯撿了一根胡蘿蔔，邊走邊吃，「雖然沒有把故事聽完，但是有胡蘿蔔當晚餐，有火可以烤，還有故事可以聽，已經夠幸福的了！要是可以在這裡睡一晚，那就更好了。」他爬到樹上，用小樹枝編了一張小床，很快就睡著了。

夜裡，鐵門「喀啦！喀啦！」的聲音吵醒了他，他揉揉眼睛站起來，發現旁邊有一堵很高的牆，從樹上往下看，裡面是一座大花園。

尼爾斯感到納悶，「剛才並沒有看見這座花園啊！」他很快就想起這是誰的花園了。他一點都不害怕，反而想進去看看。深夜的花園異常明亮，春意盎然的景象跟外面完全不同。

一個上了年紀的人站在門內往外看，好像在等人。

尼爾斯從樹上滑下來，走到他面前，脫帽鞠躬說：「你好，請問我可以進去參觀嗎？」

「好吧！進來吧！」那人說完，便用力的把鐵門關上，上鎖後，再把鑰匙繫在腰上。

尼爾斯看著他一連串的動作，包括他嚴肅的表情，嘴唇下方的山羊鬍，還有工作服和鐵鍬，想起了老婦人說的故事。

園丁的步伐很大，尼爾斯得邊走邊跑才跟得上，花園有很多古老的建築，還有山丘、草坪、涼亭跟水池，百花齊放、爭奇鬥豔，尼爾斯邊跑邊說：「我從沒見過這麼漂亮的地方，這裡叫什麼？」

「你怎麼這麼無知？這個花園叫南曼蘭，南曼蘭省是瑞典最美麗的花園。」聲若洪鐘的園丁又說：「這裡是英阿倫湖……那裡是維比霍爾姆莊園，你可以進去看看，小心碰到白衣女鬼。」

尼爾斯在莊園逛得正起勁，就聽到園丁在外頭嚷嚷：「快點出來！我還有別的事要做。」

園丁一見到尼爾斯，馬上問他：「怎麼樣？有沒有遇到鬼？」

「連個鬼影子都沒看見。」

「唉！」園丁把鐵鍬往地上一敲，大聲的說：「連女鬼都安息了，我卻不能。」

接下來，園丁又為尼爾斯介紹了教堂跟皇宮，也一一問起他有沒有碰上主教跟國王。

每一次聽到尼爾斯的回答，園丁都重複的說：「連他都安息了，我卻不能。」

最後他們來到大門口，園丁說：「幫我拿一下鐵鍬，我去開門。」

「不必麻煩了，我從這裡就可以了。」尼爾斯說完，直接從欄杆鑽了出去。

「該死！」園丁跺腳大叫，一邊扯得鐵門哐啷作響。

「怎麼了？我只是不想給你添麻煩。」

「可惡！就差那麼一點，只要你接過我的鐵鍬，就換你接棒，我就自由了！就差那麼一點啊！」

「別生氣了！卡爾先生，」尼爾斯說：「花園這麼漂亮，再也沒有人可以做得比你更好了！」

「……」老園丁突然安靜下來，尼爾斯隱約見到他臉上的線條變柔和了，嘴角也輕輕的上揚了。

尼爾斯眼前的景象逐漸模糊，老園丁跟他的花園就像霧一樣消失了，最後只剩下一片荒蕪的林地。

25. 老馬識途

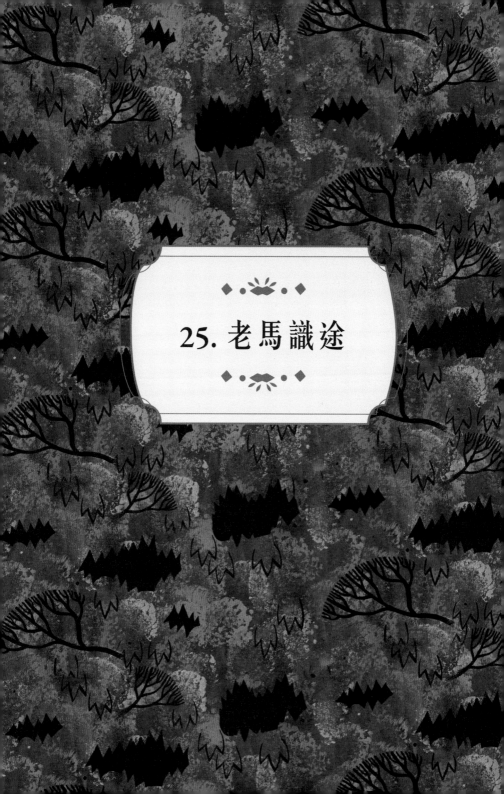

四月二十七日　星期三

這一天，奈爾克省下了一場暴風雨，就在趕集的前一天，這讓人想起了喜歡惡作劇的風神卡伊薩，肯定是她幹的好事。

為了趕上明天一早的牲畜交易市集，各路人馬與牲口從四面八方趕來，到了傍晚已經塞滿了整個城鎮。

外面大雨滂沱，旅舍裡人滿為患，牲畜多到從獸欄裡滿了出來，有的站在院子淋雨，有的踩在水窪裡，有的連休息的地方都沒有。他們的主人卻躲在屋裡喝酒打牌，完全忘了這些溼淋淋的動物。

這一晚，尼爾斯跟雁群來到耶爾馬倫湖附近的一個小島，瘋狂的雨勢讓他毫無睡意。突然，灌木叢裡走出一匹瘦骨如柴的馬，這樣一匹老馬走在狂風暴雨中，更顯得淒風苦雨。尼爾斯看他直直的走來，連忙喊道：「小心你的腳！」

「終於找到你了！」老馬低下頭來看著尼爾斯，一邊發抖一邊說：「為了找你，我整整走了二十里。」

尼爾斯看他那雙溫柔的眼睛與漂亮的鼻子，心想：「他年輕的時候，一定是匹駿馬。」

「我想請你幫忙，麻煩你跟我走一趟！坐在我的背上，總比你溼答答的躺在這裡舒服。就怕跟我這樣狼狽的老馬一起，你會覺得丟臉。」

聽到他這麼說，尼爾斯便一口答應了。他跟阿卡約好明天見面的地點後，就跟老馬一起來到旅舍。

院子裡有三、四十頭的牛和馬在淋雨，旁邊還有許多小車，車上載滿了雞豬羊。尼爾斯看著這些可憐的動物在風雨中顫抖，冰冷的雨水夾雜著雪花，像是不斷朝他們發射的銀針。

「看到對面的農莊了嗎？」老馬說。

「看到了。」尼爾斯說。

「可以帶我們去那裡嗎？」

「裡面應該早就住滿了吧？」

「不，那裡的主人非常小氣，他不會把地方借給別人的。」

「那我有什麼辦法？」

「我就是從那個農莊出來的，裡面有很多空的馬廄，只要你幫我們開門，大家就可以進去躲雨了。」

「我試試看。」

尼爾斯跑到對面，發現所有的馬廄或牛舍都上鎖了。突然一陣狂風吹來，把一個大草棚的門打開了。他馬上回到老馬身邊，告訴動物這個好消息，又逐一幫他們解開脖子上的繩索。

尼爾斯冒雨拯救動物時，農場的主人正在屋裡烤火，想著剛才經過旅舍，有個販賣馬匹的人來推銷，他看著那匹無法耕作的老馬，生氣的說他不可能買這種沒用的牲畜。

「別誤會，我只想告訴你，這匹馬以前是你的。我想，你或許願意把牠買回去，讓牠安穩的度過晚年。」

他這才認出來，那是他兒時最愛的一匹馬，他以前把牠照顧得很好，到哪裡都駕著牠。不但偷偷餵牠吃燕麥，還經常幫馬車上油漆。他請爸爸幫他添購新衣，好讓自己跟馬兒搭配起來，顯得更加的帥氣拉風。想不到三天後，爸爸怕他染上奢侈的惡習，竟然把馬賣掉了！

他非常難過，經常偷偷跑去看馬，偷偷給牠糖吃。他總是告訴自己：「等將來我掌管農莊，第一件事就是把牠買回來！」

他已經掌管農莊三年了，卻把這件事忘得一乾二淨，剛剛遇到牠，竟然連把牠買回來的意願都沒有。

「噹噹！」牆上的鐘聲敲了十一下，「該睡了！」他望著火爐想：「今天的雨真可怕。」想起了今天與老友的重逢，想起牠以前有多麼的俊美，想著自己曾經那麼的愛牠，而牠現在又老又狼狽的站在院子裡淋雨……

「砰砰！」一陣敲門聲響起。

「誰呀？」他開門一看，兩個衣衫襤褸的小女孩站在門口說：「我們是從隔壁村來的，希望在這裡借宿一晚。」

他問了她們的名字，知道她們是寡婦的小孩，那個寡婦欠了他父親錢，父親為了討回債務，逼寡婦賣掉房子。自從沒了房子，寡婦就帶著三個大孩子到別處去謀生，把這兩個最小的孩子留在附近的救濟院。

「你們不是在救濟院嗎？」他說。

「你以為我們想來這裡嗎？」

「好吧！這裡沒有東西給你們吃，你們就在爐子邊睡覺吧！」他看著兩個女孩，想起在外頭淋雨的老馬，越想越難過，「都是爸爸幹的好事！」他坐下來抱著頭，眼淚不聽使喚的流下來。

「拉森，」媽媽從臥房走出來，將兩個熟睡的孩子抱到床上後，又走出來說：「無論如何，我都要把這兩個孩子留下來，將她們撫養成善良的好人。」

「爸爸如果知道，一定不會同意的。」

「他以前吃了不少苦，窮怕了，所以小氣刻薄。現在由你當家，我們的財產已經夠用了，你可以大方一點，對別人伸出援手。」

她一邊說一邊拍著兒子的手，等他平靜下來才說：「好了，去睡吧！」

「不！」他站起來說：「還有一個老朋友，我要把牠帶回來。」

他披上衣服，拿了一盞燈，冒著風雨走出去。正想趕往旅舍，卻見到被風吹開的草棚裡，早已擠滿睡覺的動物。

他又驚又氣，不知道是誰貿然的把牲口帶到這裡來，正想破口大罵，只見到一匹老馬站起來，慢慢的走向他。

從馬走路的姿態，他知道那正是他的老朋友，他舉起手上的燈，看著老馬慢慢的走來，將頭擱在他的肩上。

「你怎麼變成這樣？你到底吃了多少苦啊？」

他一邊摸著牠，一邊說：「好了！好了！我知道！我一定要把你買回來！你的朋友可以暫時留在這裡，但現在你要跟我去你以前住的地方，你要吃多少燕麥都可以，我要讓你再度成為一匹駿馬！」

26. 解凍

四月二十八日　星期四

昨天那場狂暴的風雨過後，隔天竟然放晴了，好像昨天不曾下過雨一樣。儘管西風依然強勁，人們卻很高興，因為強風可以吹乾泥濘的路面。

放鵝女孩奧薩帶著她的弟弟馬茲風塵僕僕的從故鄉走來，沿途經過南曼蘭省來到了奈爾克。一大清早，他們就走在耶爾馬倫湖的環湖道路上，準備往北走。他們踩在爛泥地裡，望著被西風吹得平整而乾爽的湖面，結了冰的湖在陽光下閃閃發亮，看起來非常堅固。

他們想著，如果直接從湖面穿過去，應該可以省下不少時間跟力氣。他們當然知道春天的湖面是危險的，但是他們累了，想碰碰運氣。

「別掉進洞裡就好。」馬茲說。

他們小心翼翼的走上結冰的湖面。雖然有些地方不斷的有水冒出來又流下去，但只要看清楚就沒問題了，他們很慶幸選擇了一條平穩的道路。走著走著，一個老太太突然從家裡跑出來，遠遠的對著他們揮手。雖然他們聽不到她的喊聲，卻明白她是要他們離開湖面。不過，他們相信自己的眼睛，一切都很順利，沒問題的。

他們繼續往前走，前方突然出現一片很大的積水，只好繞道。不過，走在冰上很輕鬆，他們一點都不覺得累，還在那裡追逐玩耍，直到玩累了才發現大概走了一個多小時，卻還看不見對岸。強勁的西風阻撓他們前進，風越來越大，發出的噪音也越來越響，他們開始感到害怕。

他們停下來觀看，發現原本以為是積雪的白色堤防，竟是波浪打出來的白色泡沫；噪音則是波濤衝擊堤岸的聲音，湖水已經開始融化了。他們互看一眼，手牽手跑了起來。他們惶惶不安的跑著，只知道危險近在咫尺，不知道腳下的冰是否下一秒就要裂開了。

他們跑呀跑，突然一個踉蹌，腳下的冰被掀起又落下。「喀茲！」冰上產生裂紋，往四面八方散開。安靜了片刻，又「喀茲！」一聲，裂縫越來越大，水從細縫中冒出來，冰被切成巨大的板塊。

「奧薩！」馬茲喊道。

「快跑！用最快的速度跑到岸上。」奧薩叫著。

湖面的冰蓋雖然已經破了，但要完全融化還需要一段時間，最危險的是他們看不到湖的全貌，不知道往哪邊跑才安全。他們一直往前跑，遇到浮冰又繞道，就這樣驚慌失措的亂跑、改道、折返、再亂跑，最後只能氣喘吁吁的站在原地，無所適從的哭了起來。

「往右走，向右，向右！」有人喊著。

一群雁鵝叫著從他們頭上飛過，越飛越低。他們聽見了，卻不敢動，過了一會兒，這邊的冰也動了，他們又手牽著手跑了起來。跑著跑著，又不知道往哪兒跑，雁群又傳來聲音：「直直的往前衝，往前衝！」

他們跟著那個聲音，持續跑了半個多小時，終於脫離了險境。小姊弟上岸後，因為驚嚇過度，還繼續的跑，跑了一段後，奧薩突然停下來說：「你在這裡等一下。」

奧薩回到湖邊，從袋子裡拿出那隻撿到的小木鞋，將它放到石頭上。她才剛轉身，就有一隻白鵝從天而降，叼走了木鞋。

27. 熊口求生

四月二十八日　星期四

雁群一路朝北飛，強風卻逼得他們不斷的往東移，他們全力與狂風搏鬥，突然吹來一陣強風，將鵝背上的尼爾斯拋到空中。

「沒事！我會像樹葉一樣慢慢的飄落，馬丁也會立刻過來接我。」尼爾斯不慌不忙的想著，又輕又小的他果然毫髮無傷的落地。

他起身站好後，就拿起帽子對著空中一邊揮舞一邊大叫：「你在哪裡？我在這裡。你在哪裡？我在這裡。」連叫了幾次，馬丁不但沒有出現，就連空中都不見雁群的身影。

「一定是強風吹得他們無法回頭，等強風過後，他們一定會回頭來找我。」他看了看四周，發現自己掉進一個很深的山谷，正準備往上爬時，衣領就被抓住了，一個粗魯的聲音說：「這是什麼東西啊？」

尼爾斯回頭一看，一隻巨大的棕熊站在他面前，他還沒說話，就被狠狠的摔到地上，棕熊用腳把他滾來滾去，還用潮溼的鼻子嗅了嗅他。尼爾斯以為自己就要被吃掉了，棕熊突然叫道：「孩子們，快點過來，給你們一個好東西。」

兩隻像狗一樣毛茸茸的小熊，歪歪斜斜的跑來。

「這什麼東西？好好玩喲！」小熊把尼爾斯當成皮球拋來拋去，一下子把他扔去撞石壁，一下子又把他摔到地上，摔得他頭昏腦脹。

他想辦法逃，但無論是躲進石縫或是爬上樹木，都會被小熊抓回來。小熊還故意放開他，讓他跑了一段路，再去抓他。

「我終於知道老鼠遇到貓是什麼滋味了。」尼爾斯已經累得跑不動了，索性往地上一躺，動也不動。

「快起來，不然我們吃了你。」小熊叫著。

「你們吃吧！我再也跑不動了。」

「媽媽，媽媽，他不想玩了！」

「那你們就把他分著吃了吧！」母熊的話才說完，尼爾斯馬上起身，又跑了起來。

小熊玩了一整天，捨不得吃掉尼爾斯，晚上睡覺時，還用熊掌壓住他。疲憊不堪的尼爾斯也無力脫逃，累得呼呼大睡。

夜裡，熊爸爸回來了，熊爸爸馬上嗅出了尼爾斯，便急著要拿他來塞牙縫。

「不能吃！」熊媽媽說：「孩子們很喜歡他，今天跟他玩了一整天，明天還要玩呢！」

「不行，人類太危險了，我要馬上解決他。」公熊說完，張大了嘴。

尼爾斯拿出火柴，往皮褲一劃，直接扔進公熊的嘴裡。

公熊聞到一股硫磺味，哼了一下，火就熄滅了。「你可以弄出很多這種藍色的小玫瑰花嗎？」

「當然！我還能把整座森林都燒掉呢！」

「那你可以把房子跟農莊點著嗎？」

「沒問題。」尼爾斯想嚇嚇公熊。

「好極了！你幫我做一件事，我就放了你。」

公熊帶著尼爾斯來到一處山坡上說：「你看看那裡。」

對面有間工廠就座落在瀑布旁邊，裡面有許多的廠房跟倉庫，每扇窗戶都映出耀眼的火光，機器轟轟作響，黑煙不斷的從高聳的煙囪冒出來。

原來，那是一座大型的鐵工廠。

「你該不會連這麼大的一個房子都能點著吧？」公熊抓著尼爾斯說。

「不論大小，我都能點著，還能把它燒成灰。」

公熊又說：「我們本來在這裡活得好好的，人類一來就把山挖開，在瀑布旁邊敲敲打打，沒日沒夜的吵著，還排出很多黑煙，逼得我們不得不搬家。現在，只要你點燃那朵小小的藍色玫瑰花，把這裡燒掉，我就放你一馬。」

尼爾斯看著磚造的廠房，又看看旁邊的木材與乾草，覺得要引燃火苗並不困難。

「你做不做？」

「讓我想一想。」

尼爾斯說完，想著：「鐵器的用途很大，爸爸耕田用的犁，家裡的門鎖、釘子、獵槍都是鐵製品。小至縫衣針，大到火車，都是鐵製品。而且，縱火是犯法的，不但會造成人家的損失，還會危及別人的生命。當火勢難以控制時，後悔就來不及了。」

「想好了沒？」

「再讓我想想。」

過了片刻，棕熊又問：「你到底想好了沒？」

尼爾斯想起自己受困小屋時，身陷火海的恐懼，直接了當的說：「我不幹！」

「你不想活了嗎？」

「火災是很可怕的！我不能為了活下來，去傷害別人。」

「好啊！我看你多帶種！」棕熊的爪子深深的掐住尼爾斯，讓他痛得直飆淚。突然，聽到「喀噠！」一聲，尼爾斯大叫：「快跑！那是扣扳機的聲音，獵人來了！」

話才說完，子彈就「咻」的一聲，從棕熊的耳邊呼嘯而過。棕熊跑進森林，又狂奔了一陣，才把尼爾斯放下來說：「要不是你，我早就被獵人殺了。來！你把耳朵靠過來。」

「以後遇到熊，只要說出這句話，他們就不會為難你了。」棕熊又說。

雁群在附近找了一整天，都找不到尼爾斯。大家悶悶不樂，想著他是不是摔死了，或是被動物吃了。第二天清晨醒來，大家驚喜的看著一旁的尼爾斯，圍著他不斷的拍翅膀，「嘎嘎」的叫著：「你怎麼在這裡？什麼時候來的？是誰送你來的？」

尼爾斯談起他是如何淪為小熊的玩具，還有被公熊威脅的過程，接著又說：「我離開棕熊後，就爬到樹上睡著了。突然有一隻老鷹飛過來，二話不說抓住我，把我帶到這裡來，扔在你們中間。」

「他沒說他是誰嗎？」馬丁問。

「我連謝謝都來不及說，他就走了。我以為是阿卡請他來找我的。」

「這可真奇怪！」馬丁轉頭，正想跟其他雁鵝討論，只見他們各個滿懷心事，痴痴的望著天空。

過了一會兒，阿卡說：「我們都還沒吃早餐呢！」接著拍拍翅膀，振翅起飛。

28. 看門狗

五月一日　星期日

梅拉倫湖是由狹窄的水道、海灣和岬角所組成的湖泊，湖中有綠樹成蔭的小島，湖邊有錯落有致的莊園與別墅，是著名的避暑勝地。這麼一個宜人的好地方，卻有著可怕的一面。每當積雪融化後，附近的河川會同時奔向梅拉倫湖，瞬間暴漲的水位經常導致梅拉倫湖潰堤。

梅拉倫湖潰堤時，人們會不眠不休的守著他們的財產，動物也會驚惶失措的護著他們的窩，大家都不得安寧。

就在這個時候，狐狸斯密爾來了，他對停在樹枝上的信鴿說：「你知道阿卡跟她的雁群在什麼地方吧？」

「當然知道，但我不告訴你。」

「沒關係，你只要幫我傳話就好。」斯密爾說：「你告訴阿卡，說住在湖邊的天鵝王跟她求救，說洪水就要沖毀他們的巢了，請阿卡帶著身邊的小人兒去幫幫他們。」

「轉告是沒問題，但我懷疑那個小人兒可以幫上什麼忙？」

「那個小人兒沒有做不到的事。聽說，不久之前，他才救了一隻受困的渡鴉。」

「儘管如此，我還是很難相信，天鵝怎麼會請狐狸跟雁鵝傳話？」

「是呀！是很難相信，但大難臨頭時，誰也顧不了這麼多。你只要把訊息告訴阿卡就好，千萬別提是我說的，不然她會起疑心。」

天鵝自認為是鳥中的貴族，嘲笑雁鵝是灰溜溜的窮光蛋。當阿卡聽到天鵝王的求救訊息後，雖然頗為納悶，卻也備感光榮。她跟天鵝王夫妻見過幾次面，他們都還算是以禮相待。

當湖中的天鵝見到阿卡的雁群從天而降，馬上安靜下來，驚訝的看著他們，事實上他們根本不曾求救。

阿卡事先叮囑伙伴：「盡快往前游，無論聽到什麼都不要回嘴。」他們在天鵝環伺的水道上魚貫前進，兩旁的天鵝張開雙翅，有如列隊歡迎的白色風帆。突然有隻天鵝大叫：「那傢伙是誰?他憑什麼把白色的羽毛插在身上?」

「他以為這樣就能變成天鵝嗎?」「哼!鴨子也想當天鵝?」「他背上那隻是青蛙嗎?」天鵝鬧哄哄的亂成一團，簇擁著擠向馬丁。

這時，阿卡剛好游到天鵝王附近，前面就傳來喧鬧聲，「發生什麼事?」天鵝王問。

「出現了一隻白色的雁鵝。」一旁的天鵝說。

「豈有此理!」天鵝王立刻飛過去，他一看到馬丁，就狠狠的拔下他的羽毛說：「你竟敢打扮成天鵝的樣子，跑來這裡耀武揚威!」

「快飛！馬丁，快點起飛！」阿卡見情況不妙，在後頭大叫。

「快飛，快飛！」尼爾斯也叫著。

天鵝本來就擠得馬丁動彈不得，現在更是一擁而上，爭先恐後的拔著他的羽毛，馬丁只能拚命的反擊。後來，阿卡的雁群也跟著加入戰局，剎那間，雁鵝跟天鵝打成一團，互相拍翅、對啄叫囂。

一隻紅尾鴝發現雁群落難，立刻呼朋引伴的飛向天鵝，振翅擋住他們的視線，在他們的耳邊不斷大聲尖叫：「大欺小！不要臉！大欺小！不要臉！」

多虧小鳥的幫助，阿卡的雁群才能脫身。飽受驚嚇的他們，飛到對岸後，草草吃了些晚餐，早早入睡了。

不過，尼爾斯卻餓得睡不著，飢腸轆轆的他，在蘆葦叢中找到一小塊木板，再找來一根樹枝，撐篙似的盪出了蘆葦叢。

斯密爾一路尾隨他們，等待下手的時機。突然見到尼爾斯獨自外出，喜出望外的他，躡手躡腳的跟了過去，直到雁鵝看不到的地方，才現身追逐。

他們一前一後，貓追老鼠似的跑著，尼爾斯上上下下的跑，斯密爾上上下下的追，眼看著就要被追上了，尼爾斯一溜煙跑到人類的住處附近，跟著兩個漁夫回家。

尼爾斯本想跟著進屋，見到院子裡有一隻狗，當下便有了主意。

「嗨！想抓狐狸嗎？」尼爾斯問。

「你是故意揶揄我，嘲笑我被鍊子綁著嗎？」看門狗說。

「不！不是。」尼爾斯跑到狗屋前說：「你好！我是跟著雁鵝一起旅行的尼爾斯。」

「哦！你就是尼爾斯啊！聽說你救了不少動物。」

「現在得換你救我了，請你幫幫忙！有隻狐狸在追我。」

「……嗯，我聞到他的味道了，他如果敢過來，我就一口咬死他。」

「他很狡猾，我有個好辦法……」尼爾斯走進狗屋說。

沒多久，斯密爾來了。他在院子裡四處聞著、嗅著，晃來晃去，最後在狗窩前趴了下來。

「汪！滾出我的院子！」

「你管得著嗎？」斯密爾冷笑著說：「我知道你的鍊子有多長。」

「別怪我沒警告你，是你自找的。」看門狗從狗屋走出來，往前一躍，撲倒了斯密爾，「別動！不然我咬死你。」看門狗叼著斯密爾，走進狗屋。

「你好啊！斯密爾，」尼爾斯將剛解開的狗鍊，繫在斯密爾的脖子上，牢牢的轉了兩圈後說：「從現在開始，你要乖乖的喔！乖乖的做一隻看門狗。」

29. 啟蒙與考驗

五月五日　星期四

這一天，阿卡的雁群停留在烏普薩拉，大家已經梳洗完畢也吃過早餐了，尼爾斯躺在草叢裡，悠閒的看著空中的白雲，突然見到巴塔基隨著白雲飄來，尼爾斯馬上轉身，假裝沒看到他。

巴塔基不但是阿卡的朋友，還是最聰明的渡鴉。尼爾斯早已久仰他的大名，還跟他有過數面之緣。他們在科爾馬登初相遇，不久前，巴塔基受困在密閉的硫磺屋，也是尼爾斯熬夜鑿了很久的牆壁，才救他脫困的。只不過，當時他說要告訴尼爾斯一個大祕密，一條尚無人知的大礦脈，卻出爾反爾。

尼爾斯不想理他，巴塔基卻直接降落在他面前，用好朋友的口吻說：

「知道那個祕密的人都不會有好下場，為了感謝你救了我，我打算告訴你另一個祕密——我要告訴你變回人類的方法。」

「我早就知道了，阿卡說只要我把馬丁照顧好，回家就能變回原來的樣子。」

「多知道一種方法不是更保險嗎？不過，你如果沒興趣就算了。」

「如果你要告訴我，我也不反對。」尼爾斯起身說。

「想聽就到我的背上來。」

巴塔基載著尼爾斯在烏普薩拉的上空盤旋，沿途滔滔不絕的說著：

「看看那華麗的建築與宮殿，以前曾經有國王在這裡建都……見到那座三個尖塔的大教堂了嗎？那是烏普薩拉的地標……這是著名的烏普薩拉大學……這裡是圖書館……那是植物園跟天文臺……」

巴塔基停在學生宿舍的屋頂上說：「如果我是你，我就在這裡住下來，每天窩在圖書館，把書都讀完。你應該很羨慕那些大學生吧！」

「一點都不！我比較想跟著雁鵝去旅行。」

「難道你不想成為醫生嗎？」

「想！如果我做得到的話。」

「你不想變成聰明的人，會說各種語言，並且知道宇宙的奧祕嗎？」

「如果可以，我當然願意。」

尼爾斯剛說完，就看到一群大學生從屋簷下走過，男男女女排成一列，邊走邊唱歌，他們戴著白色的天鵝絨帽子，臉上洋溢著幸福的笑容，輕快嘹亮的歌聲響徹雲霄。最後，他們聚集在植物園的草坪上，一起慶祝春天的到來。

巴塔基載著尼爾斯飛到附近，看著他們輪流上臺講話，聽著他們談起美好的大學生活。他們在這裡獲得了珍貴的友誼，跟同儕一起度過艱苦的求學時光，又因為認識心儀的對象，產生了莫大的幸福感。

尼爾斯看著這些青春洋溢的大學生，看著他們用閃閃發亮的眼神，談著充滿希望的未來，這些都是他不曾有過的感覺，一個全然不同的世界。集會從傍晚持續到天黑，當人潮散去後，尼爾斯才揉揉眼睛，彷彿作了一場夢。他羨慕那些幸福的大學生，對自己的處境感到悲哀。

巴塔基在他的耳邊悄悄的說：「聽好了！只要有人告訴你，說他願意變成你，跟著雁鵝去旅行，你就趕快說這個咒語……」那幾個鏗鏘有力的字，讓尼爾斯感到害怕，他說：「不可能！誰會說這種話？」

「那可不一定，反正記著沒壞處。」巴塔基又把尼爾斯帶到另一扇窗戶前面。

從半開的窗戶可以看到屋裡亮著一盞燈，房裡有個正在熟睡的大學生，一股誘人的香味從窗戶飄了出來。尼爾斯看到桌上的麵包，忍不住鑽了進去。

他撕下一小塊麵包，慢慢的咀嚼著。他已經好久都沒有嘗到美味的麵包了，眼前的大學生睡得正香甜，尼爾斯便大剌剌的坐在鎮紙上，翹起了二郎腿，津津有味的吃了起來。他一口接一口，吃了一片又一片，直到再也吃不下了，才摸著肚子站起來。

「你是誰？」躺在床上的大學生說。

尼爾斯嚇了一跳，想逃卻來不及了。不過，大學生還躺在床上，應該早就醒了，尼爾斯見他沒有抓人的意思，便大方的做了自我介紹。

「世上真是無奇不有，竟然有這種事。唉！如果我可以變成你，跟著雁鵝去旅行就好了。」大學生說。

「叩！叩！」巴塔基用嘴敲著窗戶。

尼爾斯卻說：「當大學生不是很棒嗎？你怎麼會想變成我？」

「本來是很棒的。唉！誰叫我做事不小心呢！今天我應該要通過畢業考的，我已經做好萬全的準備。誰知道出門前我竟然忘了關窗戶，讓同學寄放在我這裡的稿件通通被風吹走了。那是他花了五年的心血才完成的傑作啊！考試的時候，我一直想著這件事，結果口試失敗了，稿件也找不回來了。唉！再怎麼懊惱都無濟於事，如果我能像你一樣跟著雁鵝去旅行，就可以擺脫這些煩惱了。」

「叩！叩叩！」巴塔基敲得更急了。

「等我一下。」尼爾斯走到巴塔基身邊。

「怎麼搞的，你怎麼不說咒語？」巴塔基說。

「你可以找回那些被風吹走的稿件嗎？」

「當然可以。」

「真的嗎？我是相信啦！但你不願意對不對？」尼爾斯說。

巴塔基什麼都沒說就飛走了，不久便啣著幾張稿紙回來，他就這樣來回回找了一個多小時，終於把遺失的稿件全部找回來了。

「謝謝你，巴塔基！」

巴塔基喘了口氣後，轉頭一看，見到房內手舞足蹈的大學生，「你把稿子都給他了？你這個笨蛋！」

「你是故意的對不對？」尼爾斯對巴塔基說：「你想考驗我，看我會不會為了自己，拋棄馬丁對不對？告訴你，我是不會上當的。我絕對不會拋棄馬丁的！」

巴塔基用爪子抓了抓腦袋，看起來有點尷尬，他什麼話都沒說，就載著尼爾斯回去阿卡身邊了。

30. 斯德哥爾摩

五月七日　星期六

雁群一到梅拉倫湖，丹芬就雀躍的告訴大家，她家就在不遠處的小島，希望北飛之前，能夠回去一趟。大家都喜歡丹芬，馬丁就不用說了，阿卡對她更是疼愛有加。雖然既定的行程已經延遲了一天，阿卡還是答應她的請求，並且在行前提醒她，或許家人沒有想像中的愛她，否則當初不會遺棄她。

丹芬雖然很信任阿卡，卻從不懷

疑家人對自己的愛。無論如何，他們還是啟程往東，準備飛越梅拉倫湖。尼爾斯不知道目的地在哪裡，只知道湖裡的船隻越來越多，岸上的建築也越來越密集。有一座島上有個白色大宮殿，更東邊的岸上還有許多五顏六色的別墅，像極了扮家家酒的娃娃屋。尼爾斯從沒見過如此繁華的都市，當他問起城市名稱，丹芬突然大叫：「我想起來了！這裡叫『漂在水上的城市』！」

雁群當天就抵達丹芬的家，丹芬的爸爸媽媽見到久違的女兒，欣喜之情溢於言表，但是丹芬的姊姊們，卻顯得有點不自在。阿卡果然沒猜錯，丹芬有兩個喜歡欺負她的壞姊姊，就是她們害得丹芬脫臼和脫隊。現在她們見到丹芬突然回來了，身邊還有個風度翩翩的護花使者馬丁，更是嫉妒到眼睛都要噴火了。她們設計陷害馬丁，害他吃下毒草，又慫恿他去跟老鷹決鬥，幸虧有尼爾斯出手相救，馬丁才能化險為夷。

最後，大姊更是企圖取代丹芬，想隨著雁鵝去旅行。這一次，又是尼爾斯識破她的詭計，她一氣之下，竟叼走了尼爾斯，把他扔進海裡。

斯德哥爾摩[2]就是鳥兒口中那座「漂在水上的城市」，那裡有個著名的公園叫斯康森。斯康森公園有一座很大的露天博物館，裡面有動物園、露天劇場和遊樂園。克萊門是公園的老管理員，在一個風光明媚的下午，克萊門見到了傳說中的小矮人。

他在漁夫的魚簍裡，看到了手腳被綑綁，嘴巴也被塞住的尼爾斯，克萊門當場嚇得頭皮發麻。小時候媽媽總是告訴他：「小矮人賞罰分明，你要以禮相待。」

「你……你是怎麼抓到他的？」

「今天一大早，我就出海了。才剛離開陸地，我就看到一群雁鵝。我朝牠們開了一槍，想不到雁鵝沒事，這個小人兒卻掉下來了，我看到他掉進水裡，就把他抓起來了。」漁夫說。

「他有受傷嗎？」

「沒有。」

「得罪矮人是會慘遭不幸的，你把他放了吧！」克萊門說。

「我太太也這麼說。但這可是個千載難逢的機會，怎麼可以就這樣放了他？我費了好大一番功夫，才把他帶到這裡來。」漁夫繼續說：「那些雁鵝一直追著我不放，在我家附近徘徊大叫。連附近的海鷗、小鳥都來了，嘰嘰喳喳的吵個不停。最後，我使了個障眼法，在窗臺放了一個小娃娃，才偷偷的溜出來。」

克萊門聽了，更覺得非救出尼爾斯不可，他費盡唇舌，才用高價讓漁

2 瑞典首都，位於梅拉倫湖的入海處，也是瑞典發明家諾貝爾的故鄉。每年十二月十日，都會由瑞典國王在音樂廳親自授獎給諾貝爾獎得主。

夫交出尼爾斯。他把尼爾斯帶到一間小木屋，關好門後，再將他輕輕的放到桌上。

「你如果不想被放到玻璃瓶中當展示品，就要聽我的。」克萊門說：「我會幫你解開繩索，但你要答應我，沒有我的同意，你不能離開斯康森公園。也就是說，你可以在公園裡自由進出，但是不能一聲不響的跑掉。你同意嗎？同意的話就點點頭。」

克萊門看著不為所動的尼爾斯說：「沒辦法，我只好把你交給總管了！到時候全國的人……」話還沒說完，尼爾斯就急著點頭。

「這就對了！我每天都會用白色的碗為你送飯，如果哪天改成藍色的，就是通知你，你自由了。」克萊門說著，幫他解開了繩索。

克萊門才剛走出小木屋，就聽到有人說：「克萊門，最近還好嗎？你好像變瘦了。」

說話的是個相貌堂堂的老先生，克萊門想不起來他是誰。老先生的言談舉止都很有修養，但當他聽到克萊門說很想家時，卻有點不高興，「你在斯德哥爾摩竟然還會想家？」老先生拉著克萊門坐在公園的椅子上，滔滔不絕的說著，說斯德哥爾摩本是一座無人島，因為海豹仙女的傳說[3]，人們才開始往島上遷移。隨著定居的人口越來越多，島上出現了城堡，銜接各島嶼的橋梁，還有教堂、磨坊、修道院和醫院。甚至吸引了世界各國的人前來定居。

老先生還說要送克萊門一本介紹斯德哥爾摩的書，「你要從頭到尾好好的讀一讀，了解它是如何從一座座的小島，變成蓋滿房子的城市。你知道它為什麼會成為瑞典的首都，全國最熱鬧的城市嗎？讀那本書時，你要坐在這裡，看著波光粼粼的水面與五光十色的湖岸，要全心全意的感受斯德哥爾摩的美景。」

老先生兩眼炯炯有神，說得慷慨激昂，他說完後，起身，把手一揮，走了。

克萊門折服在他的風度與儀態下，對著老先生的背影深深的一鞠躬，儘管他還是想不起來他是誰，但毫無疑問的，他一定是位高貴的先生。

第二天，宮廷送來一本書跟一封信，信上說書是國王送的。克萊門這才驚覺，自己昨天跟國王聊了一下午。他又驚又喜，馬上決定回老家，他要回去告訴大家，國王是多麼的友善，自己又是多麼的受寵若驚。一個星期後，他就辭職離開了。

3 曾有漁夫在梅拉倫湖追逐海豹，卻發現牠們褪去海豹皮後，變成了美貌的仙女。漁夫藏了一張海豹皮，想娶仙女為妻。不料，成親當天，仙女奪回海豹皮，化身海豹躍入湖中。漁夫情急之下，用魚叉射中了仙女，仙女慘叫一聲消失在水中，從此梅拉倫湖便盪漾著前所未有的光彩。

31. 高爾果

在拉普蘭省的深山中，有個築在峭壁上的老鷹巢。在鳥巢下方的峽谷中，每逢夏天就會有雁鵝聚集，雁鵝與老鷹形成一個巧妙的平衡關係，雖然老鷹每隔一段時間都會叼走幾隻雁鵝，但是雁鵝也因為老鷹的存在，少了許多干擾與偷襲。

在尼爾斯隨著雁鵝旅行的前兩年，阿卡的雁群就生活在老鷹巢下的峽谷裡。阿卡隨時保持警戒，仔細的觀察他們。有一天，她發現兩隻老鷹都沒有回巢，過了幾天，她便壯起膽子去一探究竟，果然發現了嗷嗷待哺的幼鷹。阿卡雖然害怕，卻不忍心看他餓死，便每天冒著危險，為他捕魚。

「呸！好難吃，我不吃，我不吃。」高爾果吐掉口中的魚說：「我要吃老鼠，給我老鼠。」阿卡在他的脖子狠狠的啄了一下說：「你的爸媽都死了，我只能幫你弄到魚，如果你非得吃老鼠，那你就等著餓死吧！」

過了好幾天後，阿卡才去看高爾果，她還是把魚扔到鳥窩裡，只不過

這一次高爾果不吵不鬧，乖乖的把魚吃掉了。

高爾果的食量越來越大，阿卡除了幫他捕魚還要抓青蛙，等他羽翼豐了，又鼓勵他飛行，高爾果很快就忘了自己的父母，把阿卡當成媽媽。

高爾果跟著雁鵝一起飛翔，一同玩耍。甚至還想下水游泳，直到差點溺斃，他才問阿卡說：「阿卡媽媽，為什麼我不像你們一樣會游泳？」

「你在懸崖待太久，爪子太彎了，但你別傷心，你會變成一隻好鳥的。」阿卡說。

當高爾果在空中翱翔時，又問：「阿卡

媽媽，為什麼地上的小動物看到我的影子，就躲起來？他們看到你們的影子都不會這樣。」

「那是因為你在懸崖的時候，讓翅膀長得太大，嚇壞小動物了。別傷心，你會變成一隻好鳥的。」

當高爾果自己捉魚跟抓青蛙時，又問阿卡說：「阿卡媽媽，為什麼你們吃水草，我吃魚跟青蛙呢？」

「那是因為你小的時候，我都用魚跟青蛙餵你呀！」

儘管阿卡不斷的安撫高爾果，但秋天的時候，空中都是準備往南遷徙的候鳥，只要阿卡的雁群一出現，周圍的候鳥都會大叫：「老鷹，有老鷹！」阿卡管不住他們的嘴巴，也無法回答高爾果的問題：「為什麼他們都叫我老鷹？他們不知道我是一隻很大的雁鵝嗎？阿卡媽媽，他們為什麼要這樣叫我？」

當他們經過農莊的上空時，地上的母雞也慌亂的叫著：「老鷹！老鷹來了！」

「別再叫我老鷹！」憤怒的高爾果直衝而下，抓起一隻母雞說：「我不是老鷹！」接著用嘴巴奮力的啄她。

「你在做什麼？你是要把她撕碎嗎？你應該感到羞恥！」阿卡罵他的時候，其他的鳥類就在一旁大笑。高爾果狠狠的看了阿卡一眼，直接飛向空中。他飛得很高、很高，直到聽不見雁鵝的呼喚為止。

高爾果一直在雁群上方盤旋，三天後才回到雁群中，他對阿卡說：「我知道我是誰了！我是一隻如假包換的老鷹，所以我無法像雁鵝一樣的過活。但是，謝謝你，阿卡媽媽，謝謝你養育我。我向你保證，我絕對不會攻擊任何一隻雁鵝，更不會傷害你們。」

「你以為我願意跟猛禽在一起嗎？」阿卡說：「如果你可以像以前一

樣過活，你還是可以跟我們一起生活。」

他們倆都既高傲又固執，從此分道揚鑣。阿卡不准高爾果出現在她眼前，也不准大家在她面前提起高爾果。高爾果變成一隻孤鳥，動物都怕他，他們常說：「雖然他從沒襲擊過任何一隻雁鵝，但他還是可怕的老鷹。他誰也不怕，除了他的養母阿卡。」

高爾果獨自闖蕩世界，三歲的時候被獵人抓住了，獵人把他賣到斯康森的動物園。剛開始的時候，他還保有猛禽的樣子，隨著日子一天天的過去，高爾果的眼神逐漸變得呆滯而渙散。

有一天清晨，高爾果正在打瞌睡，突然聽到有人叫他，他連低頭看看都不願意，就問：「誰在叫我？」

「你不認識我了？我是跟著阿卡旅行的小人兒尼爾斯。」

高爾果好像剛從冬眠中醒來，用剛睡醒的聲音說：「阿卡也被關起來了嗎？」

「不！他們應該安全到達拉普蘭了，只有我被關在這裡。」尼爾斯說完，發現高爾果又把眼睛望向遠方。

「高爾果，我沒忘記你，你曾經把我從棕熊身邊帶回阿卡的雁群裡，你還饒過跟你挑釁的馬丁。告訴我，我該怎麼幫你！」

「別吵！我在夢中翱翔，我不想醒來。」

「你不能一直待在這裡睡覺。」

「別管我！」高爾果說完，又繼續睡覺，直到晚上，被一個怪聲吵醒，他才問：「誰在那裡？」

「是我！尼爾斯。我在鋸鐵絲，我一定要救你出去。」

高爾果抬起頭，看著月光下的小人兒，看著他坐在鐵絲網上，努力的工作著。「我是一隻大鳥啊！你要鋸斷多少鐵絲才能放我出去？別浪費力氣了。讓我好好的睡一覺吧！」

「你睡你的，別管我。我今天做不完，還有明天；明天做不完，還有後天。反正，我就是非把你弄出去不可。」

第二天清晨，高爾果醒來，望著上面的鐵絲網，果然已經斷了好幾根。他的精神好多了，張開翅膀，在樹枝跳來跳去。

就這樣過了好幾天，有一天清晨，天才矇矇亮，尼爾斯就叫醒高爾果說：「快起來，你試試看。」高爾果朝著上方的洞口，試了好幾次，終於成功了！高爾果一飛衝天，又成了自在翱翔的老鷹。

尼爾斯看著高爾果離去的身影，心滿意足的走回小屋，才剛走到一半，高爾果又回來了，他停在尼爾斯的身邊說：「你以為我會把你扔在這裡嗎？我剛剛只是去暖身，試試我的翅膀。走吧！我帶你回去找阿卡。」

「不行，我跟克萊門有約，不能突然跑掉。」

「這是什麼傻話？可以走你竟然不走？」

「我如果想走，早就走了。但我不能說話不算話，謝謝你的好意，你幫不了我的。」

「是嗎？」高爾果說完，用爪子輕輕的捉起尼爾斯，直接飛向北方。

他們一路往北飛，停下來休息的時候，尼爾斯竟然想往回跑。高爾果又把他抓回來，飛過了整個烏普蘭，直到一個大瀑布前面，才把他放下來。尼爾斯氣得不想說話，他背對著高爾果，怪高爾果害自己成為一個不守信用的人。

「你知道我為什麼叫阿卡媽媽嗎？」高爾果說起他跟阿卡成為母子的淵源，最後又說：「我知道阿卡很疼你，她如果看到你一定會很高興。我希望你跟我一起去找她，幫我說說話，讓我們和好。」

「我很樂意幫這個忙，只是我不能失信於克萊門，要不是他救了我，我早就成為展覽品了。」尼爾斯說。

「好吧，尼爾斯！告訴我那個克萊門長什麼樣子？住在哪裡？我帶你去見他。」

他們輾轉打聽，終於飛到海爾辛蘭省，找到克萊門的老家。高爾果在遠處等候，尼爾斯就暫時躲在樹上，聽著克萊門跟別人說故事比賽。尼爾斯仔細一聽，發現自己竟然是克萊門口中的主角。

克萊門談起他是如何從漁夫的手中救下尼爾斯，還有他們之間的約定，「我雖然沒有親自為小人兒送上藍色的碗，但我在離開前已經做好安排，我請一個朋友用藍色的碗為他送飯……不過，他有沒有做到，我就不知道了……唉唷！」一顆毬果從樹上掉下來，不偏不倚打中他的鼻子。

大家面面相覷，愣了片刻，一個女孩笑道：「克萊門，小人兒生氣了！你實在不該請人代勞的。」

32. 森林大火

六月十七日　星期五

高爾果一路往北飛，飛得又快又平穩，尼爾斯看著那一大片蓊鬱的森林，第一次發現南北大不同。無論是栽種的植物或是收割的季節，甚至連運送的方式都相差甚遠。他的家鄉在瑞典南方，種的是一年一收的黑麥，農夫在夏天用收割機採收，以馬車運貨；北方的針葉樹要經過多年的種植才能收成，伐木工人在寒冬伐木，砍下的樹木要從崎嶇的山路送至特定的河道，改走水路。水中的木材經常會卡住，還要靠著人力推動，才能順利抵達下游的鋸木廠。

尼爾斯親眼見到超過四十座的鋸木廠，聽著機房轟隆隆的鋸木聲，看著一大片的晒木廠、裝貨碼頭與工人住宅，他想起南部那些灰暗、古老的城市，覺得北方雖然天氣惡劣，卻一片欣欣向榮，生機勃勃。

第二天，當他們到達翁厄曼蘭省時，尼爾斯的肚子餓了。

「怎麼不早說？跟老鷹在一起，是不會餓到肚子的。」高爾果說著，瞄準了路旁的旅行袋，他知道裡面一定有尼爾斯喜歡的食物。誰知道每當他撲向地面，小鳥就憤怒的大叫，家禽家畜也大聲的嚷嚷，引得前來的人們，不是用手趕他，就是直接對他開槍。

尼爾斯想不到高爾果這麼不受歡迎，被四處驅趕的滋味肯定不好受。過了不久，他們經過一座農莊，恰巧看到女主人端著麵包走到院子裡，她守在一旁，看著剛出爐的麵包。

當她發現在空中盤旋的高爾果，心想：「連老鷹都想吃我的麵包呢！」便高舉麵包說：「請你吃吧！」高爾果一個轉彎，叼走了麵包。

這一幕讓尼爾斯感動得眼泛淚光，並不是因為可以吃到香噴噴的麵包，而是婦人餵鷹的舉動。人類總是用槍指著猛禽，她卻將人類與老鷹同框的畫面，從獵槍改為麵包。而且，她可能看到高爾果背上的尼爾斯了，尼爾斯告訴自己：「將來如果我變回人，我一定要親自來謝謝她！」

尼爾斯坐在樹上品嘗美味的麵包，空氣中突然傳來一股淡淡的煙味。轉身一看，一道白色的煙霧從北方的森林飄起，他想或許是有人在煮咖啡吧！結果煙越來越多，味道越來越濃，小鳥紛紛飛出樹林。

「該不會是火災吧？」情況有些不對勁，尼爾斯好希望覓食的高爾果快點回來。很快的，周圍的溫度越來越高，尼爾斯急著逃命，一個倒栽蔥

掉到地上，地面竟然是熱的，還開始冒煙。大事不妙了！他一直跑一直跑，身邊也有一堆動物在逃命，猞猁、奎蛇、琴雞、松鼠……還有各種鳥類，全部奔向森林的另一端。

尼爾斯跟著動物一起逃命，迎面而來的，是準備救火的人類。人類跟其他動物不一樣，他們直接面對大火，有的提水降溫，有的用溼樹枝拍打火焰，有的負責砍倒著火的樹木，築出一道隱形的防火牆。儘管樹木被燒得劈啪作響，炙熱的高溫與嗆鼻的濃煙卻沒嚇跑他們。張牙舞爪的火舌，屢屢想要衝出防火牆，他們依然毫不退縮。

經過一場浴火奮戰，被燻得像黑炭一樣的人們，終於成功的擊退了大火，搶救了森林。

尼爾斯爬上一顆大石頭，心有餘悸的看著森林。他為英勇的人類感到驕傲，也為焚燬的森林感到惋惜。突然，一個轉頭，看到兩隻猛禽正盯著自己，他胸口一緊，想不到才剛死裡逃生，竟然馬上又陷入險境。

一聲高亢的鷹唳傳來，高爾果從天而降，迅速將他帶往九霄雲外。

33. 重逢

六月十九日星期日

經過一場驚心動魄的森林大火後，還可以安穩的騎在高爾果的背上，尼爾斯覺得很幸運。早晨北方還有微風吹來，現在卻感受不到一絲空氣的流動。

高爾果平穩的往北飛，地上的景物不斷的往南移，尼爾斯一會兒看雲朵，一會兒看地上，看著看著，彷彿全世界都在移動，只有他跟高爾果停在半空中。就這樣飛了好久，高爾果突然說：「我們要進入拉普蘭了。」

終於到達目的地了！每次提到拉普蘭，鳥兒總是讚不絕口，尼爾斯急著往下看……他失望極了。期待已久的拉普蘭竟然只有森林跟沼澤，飛了好久都一樣，單調的景色讓他昏昏欲睡，就在他快要摔落之前，他跟高爾果說：「我一定要睡一下，不然會摔下去的。」

高爾果馬上降落，讓他躺在地上，再用爪子抓起他說：「你睡吧！我繼續飛。」高爾果的爪子並不舒服，但尼爾斯很快就睡著了，他還作了一個夢，夢見自己走在浩浩蕩蕩的隊伍裡，身旁有各種動物跟植物，還有拿著武器的人類。大家走在燦爛的陽光裡，跟著太陽去驅趕北方的冰巨人。走著走著，最後只剩下他跟太陽，光芒萬丈的太陽竟然敵不過狂暴的冰巨人，被一腳踹出拉普蘭，就在那個時候，尼爾斯嚇醒了。

他發現高爾果不見了，自己正在一座山谷裡，不遠處的懸崖上還有個大鳥巢。「到了！那是高爾果的巢！阿卡跟馬丁他們就在這裡！」尼爾斯

馬上站起來，小心翼翼的走著，因為天還沒亮，鳥兒都還在睡覺。

他經過好幾個不同的雁群，終於看到熟悉的身影。「那是娜莉葉在孵蛋，旁邊是庫爾枚，讓他們睡吧！」尼爾斯繼續走著，在下一個灌木叢裡他見到維西跟庫爾西，不遠處又看到伊克西跟卡克西。他繼續往前走，見到有個白色的東西在樹叢裡閃閃發亮，他的心跳莫名的加快，「怦怦！怦怦！」是馬丁！久違的馬丁站在那裡，丹芬在窩裡孵蛋，儘管馬丁睡著了，依然守著自己的妻兒。

尼爾斯不想吵醒他，繼續往前走。經過更多熟睡的雁鵝，就在不遠的小山丘上，有一個灰色的身影，是阿卡！她清醒的站在那裡，守護著整座山谷。

「阿卡，你還沒睡，太好了！」尼爾斯一邊揮手，一邊輕聲的叫著。

阿卡一見到尼爾斯，就張開雙翅從小丘跑下來，緊緊的抱住他，搖晃

他的肩膀，用嘴上上下下的磨蹭他，再抱著他，搖晃他。尼爾斯緊緊的摟著阿卡，親吻她的臉頰，要她別驚動大家，接著告訴她，跟大家失散後，他是如何被漁夫抓住，又被賣到斯康森的過程。

「你知道嗎？我又見到斯密爾了，他被關在斯康森的動物園裡。雖然他找過我們很多麻煩，但我看他悶悶不樂的，經常蹲在角落很可憐。有一天，聽說有人要來買狐狸，送去島上抓老鼠。我馬上告訴他這個消息，要他故意被抓住，就可以重獲自由了。他聽了我的話，現在正在島上自由的奔跑……阿卡，你覺得我這樣做對嗎？」

「換做是我，我也會這麼做的。」

「我就知道你會贊成的。」尼爾斯又說：「還有一件事，就是我在斯康森遇到高爾果了，他被關在籠子裡。我本來想放了他，又想他是這麼可怕的猛禽，想了想，還是讓他關著吧！」

「這怎麼行？」阿卡馬上說：「雖然大家都不喜歡老鷹，但老鷹比其他動物更驕傲，更熱愛自由，怎麼可以把他們關起來？你趕快去睡一下，等你休息過後，我們馬上去救他。」

尼爾斯看著阿卡，慢慢的笑了出來，「我就知道你不會袖手旁觀的。高爾果說因為他不得不像老鷹一樣過活，你就不再喜歡他了。我不相信你會這麼狠心，果然沒錯！你還是關心他的。我現在要去找馬丁，你如果想謝謝送我回來的高爾果，可以去當年的懸崖看看。」

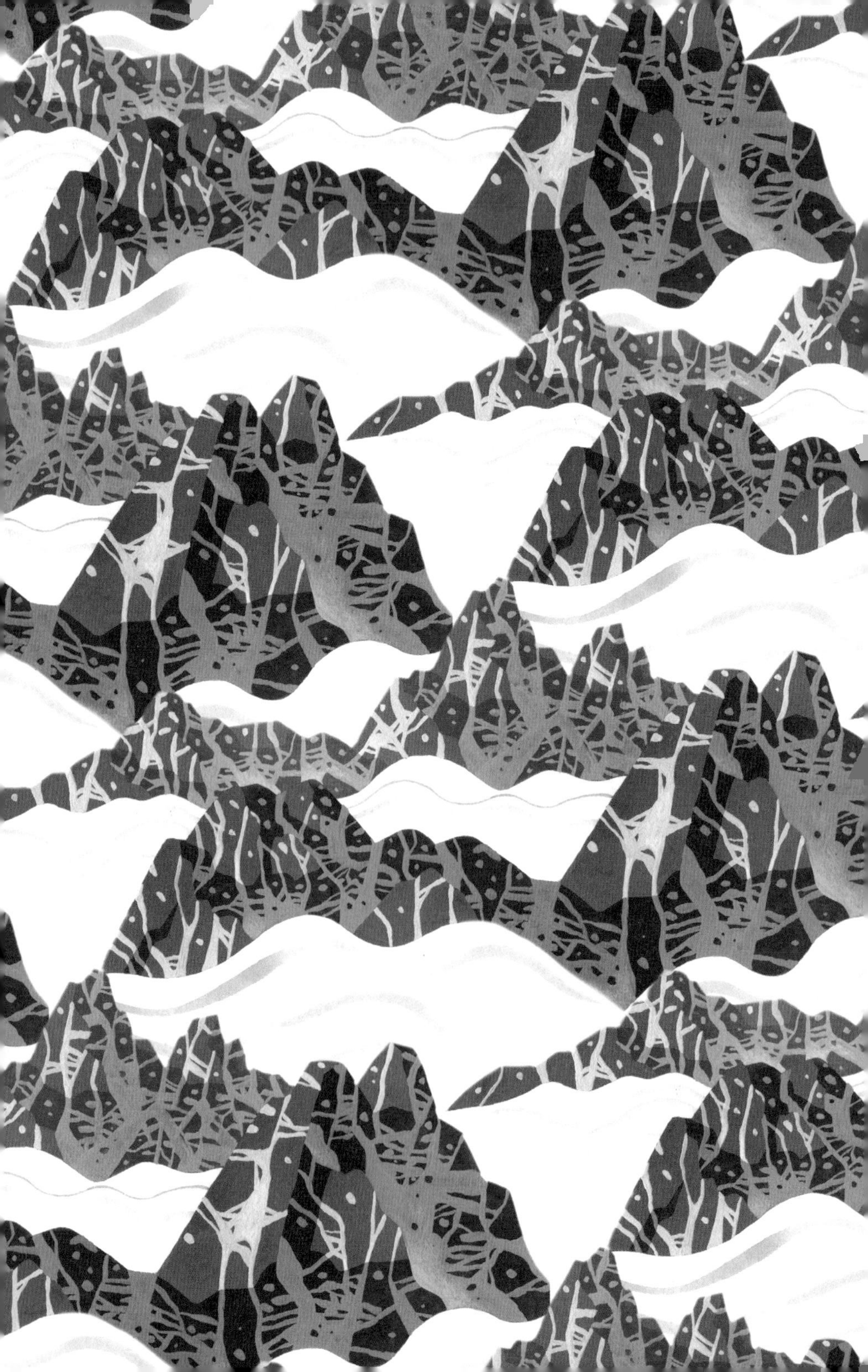

34. 奧薩與馬茲

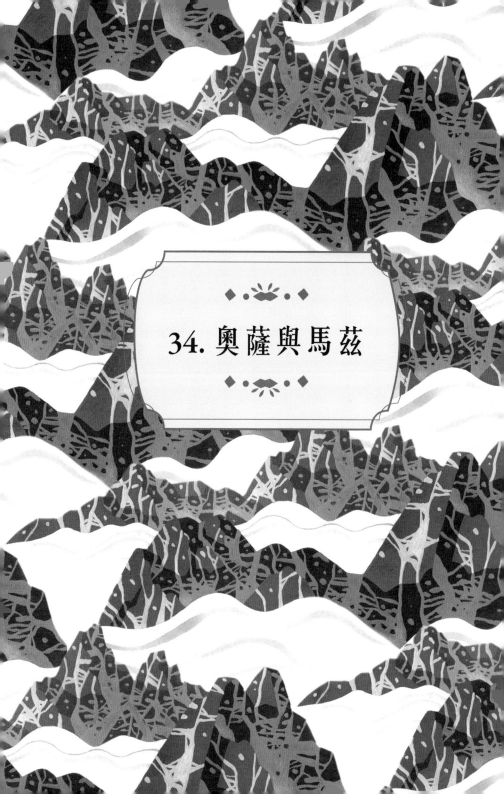

就在尼爾斯騎鵝旅行的那一年，全瑞典都在談論一對靠著雙腳行遍全國的姊弟——奧薩與她的弟弟馬茲。他們出生在斯莫蘭省的索耐爾布縣，家裡共有六個孩子。

奧薩的父親是製作織布機零件的工人，儘管食指浩繁、家境貧困，但一家勤奮和樂，幽默的父親還經常讓家裡洋溢著歡笑聲。有一天，一個女遊民來借宿，雖然他們家已經非常的擁擠，母親還是收留了她。

當天夜裡，女遊民咳得撕心裂肺，隔天病情加重，已經寸步難行。奧薩的父母把床鋪讓給她，又去為她請醫生、買藥，女遊民的病情還是日益惡化。她請奧薩的父母讓她在野地裡自生自滅，因為她是個受到詛咒的人，曾經有人詛咒她生病，還說幫助她的人也會跟著生病。

奧薩的父母雖然有點害怕，但他們不是見死不救的人，更不可能將一個垂死的病人扔出去。不久之後，女遊民過世了，災難也跟著降臨了。那是一場惡夢，家裡接二連三的辦喪事，母親還能勉強打起精神，父親卻完全變了一個人，他不再說笑也不工作，每天失魂落魄。

就在舉行過第三次葬禮後，父親說他真不明白，為什麼災難會降臨在他們家？難道上天要懲罰善良的人嗎？幾天後，父親最疼愛的大女兒也病倒了，他再也忍受不了，就離家出走了。

母親告訴奧薩跟馬茲，說他們的父親再不走可能就要瘋了。父親剛離家的時候，還會寄錢回來。過了不久，就不再寄了。母親在辦完大女兒的喪事後，帶著僅存的兩個孩子到斯科納的糖廠工作。媽媽樂觀開朗，堅強勤奮，大家都喜歡她，結果死神竟然也找上了她。

媽媽的病惡化得很快，他們在夏天到達斯科納，秋天都還沒來，她就撒手人寰了。她告訴孩子們，從不後悔收留女遊民：「人都會死，但求死得問心無愧，也不要昧著良心過活。」她在離世前懇求主人，讓兩個孩子留在原來的屋子裡，繼續為主人放鵝，「只要給他們一個安身之處，他們會養活自己的。」

失去母親後，奧薩姊弟開始相依為命的日子。他們一邊為主人放鵝，一邊做點小生意。除了自己熬糖、拼裝玩具四處兜售外，他們還去農莊批發雞蛋跟奶油，再賣給糖廠的工人。十三歲的奧薩雖然沉默寡言，卻成熟可靠；小她一歲的馬茲，個性活潑且刻苦耐勞。

有一天，他們聽了一場關於肺結核的演講。主講人提到，民眾因為不懂預防的方法，導致每年死於肺結核的人數眾多。演講結束後，姊弟倆告訴主講人家裡發生的不幸，還問了幾個問題。主講人向他們保證，沒有人可以透過詛咒把疾病傳染給他人，也沒有人會因為詛咒得病。

隔天，姊弟倆就把工作辭了。他們決定去找父親，告訴他母親跟姊姊是因為肺結核喪命的，不是被咒死的。家裡的不幸，是因為他們缺乏預防傳染病的知識，不是因為別人的詛咒，更不是來自上天的懲罰。

他們先回斯莫蘭的老家，誰知道一進門，就遇到從火場逃生的尼爾斯，老家付之一炬。他們四處打聽，終於知道父親去了拉普蘭，有人在那裡的馬爾姆山礦區見過他。牧師拿出地圖，告訴他們拉普蘭有多遠，勸姊弟倆放棄尋親的計畫。他們卻堅信，只要讓父親知道真相，父親就一定會回家。

奧薩姊弟下定決心，無論如何都要找回父親。他們這幾年存的錢，足夠買火車票去拉普蘭，但是他們不想花掉那一大筆錢，於是決定徒步去拉普蘭。

姊弟倆開始了旅程，有一天，他們去農莊買食物，女主人聽了他們的身世後，不但招待他們一頓豐盛的午餐，還要他們到下一站去找她弟弟，她還交代：「幫我問候他，順便把你們所有的經歷都告訴他。」

他們在女主人的弟弟家得到很好的招待，還搭便車到下一個教區。姊弟倆每到一個教區或農莊，都得到熱情的款待，主人不但推薦他們去下一個住處，還要他們告訴那戶人家他們的經歷。當時幾乎家家戶戶都有人得到肺結核，奧薩姊弟在徒步旅行時，透過自身的經歷，傳遞預防肺結核的知識，幫助了許多人，他們的事蹟也因此傳播開來。

姊弟倆歷經千辛萬苦，終於來到拉普蘭，來到父親工作的馬爾姆山礦區。打聽之下，大家都認識父親，只是他行蹤不定，經常出門散心。礦工讓他們住在父親的家，姊弟倆漂泊了這麼久，終於有個落腳處，而且還是父親的家。正當他們滿心期待跟父親團聚時，馬茲竟然死了！

前天下午，馬茲在礦區附近玩耍，因為離礦坑太近了，才會被爆破的石塊擊中頭部。他昏倒的時候都沒人發現，最後竟然是一個拇指大的小人兒跑去求救，大家才發現躺在血泊的他。結果，一切已經太遲了。

小馬茲是在凌晨離開人世的，臨終前，他要姊姊別去驚擾他人，他說：「奧薩，我很慶幸自己不是死於肺結核。」他喘了一口氣，又接著說：「死亡並不可怕，我只怕，如果我跟媽媽還有姊姊一樣，也是死於同一種病，你要怎麼說服爸爸？怎麼讓他相信，我們不是死於詛咒？現在沒有這個問題了！」

奧薩一個人守著馬茲，靜靜的看著他斷氣。她想著弟弟這生經歷的一切，決定為他辦一場體面的葬禮，讓他像大人一樣有尊嚴的離開，即使花光所有的積蓄也在所不惜。

「現在不是難過的時候，眼前最重要的是幫他舉行一個體面的葬禮。」奧薩說。她冷靜的幫弟弟收斂屍體，既不嚎啕大哭也不怨天尤人，這一切護士小姐都看在眼裡，當奧薩請她幫忙張羅喪事時，她一口答應了。

在護士小姐的號召下，有五十名工人願意去參加葬禮。他們還為馬茲請到四重奏的銅管樂隊和一個小合唱團。喪禮過後，送殯的人還可以在學校的廣場喝杯咖啡。奧薩即將為弟弟舉辦一場隆重的葬禮，這件事在礦區傳了開來，連礦場的主人都知道了。

礦場主人把護士叫去，說：「這太荒唐了！竟然要五十個礦工去為一個小孩送殯。就我所知，他不過是個小乞丐，他姊姊不但要為他請樂隊跟合唱團，墳上要放杉樹枝，還要訂做糖果！叫那個可憐的女孩把錢省下來吧！小孩不懂事，你們這些大人也跟著胡鬧。」

場主並無惡意，他只是認為不需要為小孩子舉辦這麼隆重的葬禮，大家想了想，也覺得有道理，是該提醒奧薩，不要被悲傷沖昏了頭。

奧薩聽了護士小姐的話，默默的坐了一會兒，突然站起來說：「我去找場主談一下。」

奧薩頭上包著母親遺留的黑絲綢，一手拿著乾淨的手帕，一手提著籃子，籃裡裝著馬茲做的木頭玩具，莊嚴肅穆的走向辦公室。她的後面跟著一群人，看熱鬧的人越來越多，最後全部擠在辦公室門口——大家要看看，這個小女孩如何跟大老闆說話？

奧薩一進辦公室，就理了理頭巾，張著兩個圓滾滾的眼珠子，直直的看著場主說：「是這樣的，我弟弟小馬茲死了！」說到這裡，她的聲音已經顫抖得無法繼續。

「啊！你就是那個要舉辦大型喪禮的女孩。孩子，我知道你很辛苦，所以勸你別為弟弟花這麼多錢。」

奧薩的臉抽搐了一下，「我想，你不知道他是個什麼樣的人。」

「我聽過你們的遭遇，我不是不同情你們，我只是為你好，捨不得你花這麼多錢。」

奧薩挺起胸膛，用響亮的聲音說：「馬茲九歲就失去了父母，他不得不像大人一樣養活自己。他總說要飯是可恥的，我們要想辦法自己賺錢。他四處收購雞蛋跟奶油，像個商人一樣做生意。而且他從不浪費錢，總是把賺來的每一分錢交給我。放鵝的時候，他從不偷懶，農民也因為信任他，經常請他代送貨款。這樣一個頂天立地的男子漢，你如果說他還只是個孩子，那是不公平的。他絕對不輸給任何一個正直誠懇的大人。而且，我是用自己的錢為他辦喪事……」

場主看著勇敢的奧薩，想著她經歷的一切，覺得她將來肯定會是個出色的人物。而且，她愛她的弟弟勝過一切。

「就照你的意思去做吧！」

35. 頭目的智慧

馬茲的葬禮結束後，奧薩送走了最後一位客人，回到父親的房裡，一個人面對空蕩蕩的屋子。想起這幾年相依為命的弟弟，想起他率真的笑容，正直的人品與勤奮的個性，想著想著，奧薩痛徹心扉，徹夜難眠。隔天，她又呆呆的坐了一整天，直到晚上才終於忍不住，趴在桌上嚎啕大哭：「我怎麼辦？沒有小馬茲，我怎麼辦？嗚嗚嗚……」

連續幾天的勞累，讓奧薩嗚咽著睡著了。過了一會兒，她竟然看到健康的馬茲走進屋裡，跟她說：「去找爸爸吧！」

「根本不知道他在哪裡？怎麼找？」

「放心，」馬茲露出調皮的神情說：「我找一個人來幫你。」

「叩！叩叩！」一陣敲門聲將奧薩從夢中喚醒，她睡眼惺忪的開了門，門口站著一個小人兒。她一眼就認出來，那是她在旅途中三番兩次遇到的小人兒。

奧薩看到眼前的小人，以為自己還在夢中，她迷迷糊糊的聽著小人兒說話，過了一會兒，她漸漸清醒了，當她發現這一切都不是夢時，嚇得把門「砰！」的一甩，躲進棉被裡瑟瑟發抖。她看見小人兒懊惱的神情，知道自己這樣很沒禮貌，卻又克制不了內心的恐懼。第二天，她便照著小人兒的指示，出發去找父親了。

在馬爾姆山北邊很遠的地方，有一座山叫基魯納，基魯納附近有個小湖，湖的西岸是薩米人的據點，他們是靠著游牧馴鹿過活的原住民。七月的一場大雨，讓大家都聚在帳棚裡喝咖啡，就在他們聊得正起勁的時候，外面的狗叫了，他們的好朋友來了，還帶了一個小女孩。

奧薩乖乖坐在翻譯員旁邊，聽他用流利的薩米語跟大家寒暄，帳棚裡的薩米人都看著她，時而點頭，時而露出同情的眼神，她知道他們正在談論她的身世。

她看大家的表情越來越嚴肅，忍不住開口問道：「爸爸該不會又離開了吧？」

「他去釣魚了，不知道今天晚上會不會回來。等天氣好一點，他們就派人去找他。」

第二天清晨，天氣非常晴朗，薩米人的首領烏拉正在傷腦筋，他認識奧薩的父親，知道他是個很怕小孩的怪人，「該如何告訴他女兒來找他，又不讓他逃走呢？」他苦思了好久，才往湖邊走去。

烏拉走了一陣子，才遇到奧薩的父親。滿頭灰髮的阿薩爾坐在石頭上，彎腰駝背的盯著湖面。

「你在這裡坐了一整夜，應該釣到不少魚吧？」烏拉說。

阿薩爾愣了一下，才發現魚鉤上早就沒有魚餌了，他急著裝上新餌，

烏拉在他身旁坐下來說：「你知道我女兒去年死了，我們都很想念她。」

「我知道。」阿薩爾的薩米語說得很好，卻不想多談。

「可是，一直沉溺在悲傷也不是辦法。」

「的確。」

「所以，我想領養一個孩子，你覺得如何？」

「那要看是什麼樣的孩子。」

「這是一個好女孩……」烏拉提起兩個孩子的故事，說姊弟倆如何從

南部千里迢迢的走到拉普蘭，到馬爾姆山去找他們的父親，那個弟弟又如何死於意外。

「你想領養的就是這個女孩嗎？」

「對！」烏拉說：「我們聽到她的事情都哭了，這麼好的女孩一定也會是個好女兒，我希望她能成為我的女兒。」

「她不是你們薩米人吧？」

「不是。」

「那你不能收養她，她不能住在帳棚裡，她受不了這裡的冬天。」

「可是，她住在這裡會有爸爸、有媽媽，還有兄弟姊妹，她會幸福的！」烏拉又加了一句：「孤單比寒冷更痛苦。」

「你不是說她爸爸在馬爾姆山嗎？」

「他死了！」

「你打聽清楚了？」

「不必問我也知道，如果她的爸爸還活著，她跟弟弟會需要走遍全國嗎？如果她爸爸還活著，他們需要養活自己嗎？小女孩需要為了弟弟的喪禮，獨自去面對場主嗎？大家都稱讚她是好女孩，收養她絕對錯不了！雖然她一直相信她爸爸還活著，但我認為她爸爸早就死了！」

阿薩爾疲憊的問：「她叫什麼名字？」

「……嗯，我不記得了，我去問問她。」

「她在這裡？」

「對，她在我的帳棚裡。」

「你還沒問過她爸爸就把她帶走了？」

「不必問！如果他沒死，也是一個不要孩子的人，我收養他的女兒，他應該很高興。這麼軟弱的人算什麼父親？喂，你要去哪裡？」

「我去看看你的養女。」

「去吧！你會發現我有了一個好女兒。」烏拉又補了一句：「我想起她的名字了，她叫奧薩。她到這裡來，是為了找她父親，不是為了當我的養女。不過，如果她找不到父親，我很樂意把她當成自己的女兒。」話才說完，阿薩爾就跑了起來。

「聽到要把他女兒留在這裡，竟然嚇成這樣。」烏拉看著他的背影，喃喃自語的說。

傍晚的小船上坐著翻譯員和一對父女，奧薩跟爸爸緊握著對方的雙手，爸爸的眼睛又恢復了神采，依偎在他身旁的奧薩，也終於能夠變回孩子了。

36. 往南方去

十月一日　星期六

十月了，雁鵝要趕在隆冬來臨之前，飛往南方。

阿卡領隊，後面跟著伊克西和卡克西、庫爾枚跟娜莉葉、維西和庫西、馬丁跟丹芬。去年秋天出生的小雁已經離開了，現在跟著的是今年夏天在峽谷長大的二十二隻小雁，左右各十一隻，阿卡要親自帶著這些小雁飛一趟。

尼爾斯神采奕奕的看著雁群，想當初跟著雁群北上時，只有十三隻雁鵝，現在是浩浩蕩蕩的三十一隻，一起在空中展翅，一同朝著目標前進，如此聲勢浩大的雁陣，好像沿途在鼓掌歡呼，跟他期待回到家鄉的心情不謀而合。

「阿卡，阿卡，我們飛不動了！」小雁叫著。

「飛得越遠就越輕鬆。」阿卡說完，又繼續往前飛。尼爾斯想起馬丁的第一次飛行，也是累得幾乎去掉半條命。

過了幾個小時後，小雁又喊了：「阿卡，阿卡，我們餓了！」

「餓了就吃空氣。」阿卡邊飛邊說，還要他們熟記路線，每經過一處就說：「這是薩爾克巧固峰、這是蘇里特馬峰……」

「阿卡、阿卡，我們記不了這麼多。」小雁又叫道。

「腦子越用越靈光！」

尼爾斯「噗嗤！」笑出來，這話他很熟，以前老師也常說。

剛到拉普蘭的時候，四周的美景讓尼爾斯流連忘返，他從沒見過這麼清新寧靜的大地，雁鵝徜徉在清澈的湖泊，享用豐盛的水草，馬丁跟丹芬忙著養育下一代，尼爾斯就跟著阿卡和高爾果四處遊玩。他們去了阿卡的家鄉克布納凱塞峰，還到人跡罕至的高山跟峽谷，參觀狼洞、跟馴鹿交朋友，向棕熊問好。

拉普蘭是動物的天堂，阿卡說得對，拓荒者應該將拉普蘭留給動物和薩米人。

他們去參觀礦坑時，發現了奄奄一息的馬茲。尼爾斯不顧一切去求救，又想盡辦法幫助奧薩。等奧薩跟她的父親團圓後，尼爾斯就不想再流浪了，他要回家重新過活，他想光明正大的跟奧薩說話，再也不讓她感到害怕。

因此，坐在馬丁背上的尼爾斯是非常興奮的，當他看到第一個杉樹林時，便高興的揮著帽子歡呼，看到第一個拓荒者的房子、第一隻山羊，甚至是第一隻貓跟第一隻雞時，他都興奮得又叫又跳。當他看到第一座教堂跟村落時，還高興得流下淚來。

他們沿途遇到往南遷徙的候鳥，比北飛時的數量還要龐大。地上的薩米人也正趕著他們的鹿群下山。

「謝謝今年的相伴！謝謝今年的相伴！」雁群朝著鹿群呼喊。

「一路順風！再見！」鹿群也對空嘶鳴。

「快看那些怕冷的傢伙！他們整個冬天都不敢待在家裡。」大熊對小熊說。

「看看那些懶惰蟲，寧可在家睡上半年，也不肯花點力氣到南方。」大雁對小雁說。

雁群飛了整整四天，終於進入耶姆特蘭省，傍晚他們降落在一座山丘。尼爾斯不敢亂跑，但四周溼答答的，每碰到一根小草就像洗了一次澡，他跟馬丁說：「這裡太潮溼了，我沒辦法睡。前面好像有個瞭望塔，你載我過去吧！」

尼爾斯在瞭望塔睡了一夜，清晨突然來了幾個年輕人，他們在那裡看風景，逗留了很久，讓尼爾斯誤了跟雁群會合的時間。當他正感到懊惱時，巴塔基來了，「巴塔基！見到你真好！」

「阿卡要我來載你，剛才有個獵人在附近徘徊，他們不敢停留。快上來吧！」

濃霧彌漫整個湖面，從田野到森林一片霧茫茫。巴塔基在濃霧上方飛著，四周都不見雁群的身影。

「別擔心！只要一放晴，我就能找到他們。」巴塔基繼續飛著，過了幾個小時後，濃霧終於散去，他降落在一塊收割過的田裡說：「你去找找看，看有沒有什麼吃的？」

尼爾斯剛撥開一粒穀子，巴塔基就走過來說：「有沒有看到南邊那座陡峭的山？」

「嗯！剛才就看到了。」

「那座山叫松山，以前有很多野狼。很久以前，有個海德人住在北邊的河谷，靠著賣啤酒桶為生。有一年冬天，他駕著雪橇在結冰的河上趕路，突然有一群狼從後面追來，大約有十隻，他的馬已經老了，後面載的桶子又重，逃走的希望非常渺茫。

『嗷嗚！』那些狼跑得飛快，他使勁的抽著鞭子，狼群卻越逼越近。岸上人煙稀少，最近的村莊也還有一段距離，正當求救無門之際，前面竟然出現了一個人，從她駝背的身影與半瘸的腿就可以確定，那是經常在路上遊蕩的老太太瑪琳。

瑪琳直直的朝他走來，對於前方的危險渾然不知。海德人想著，如果他一聲不響的疾駛而過，狼群就會將目標轉移到瑪琳身上，瑪琳走路這麼慢，遇到狼群肯定沒命；但是如果救她，馬車會跑得更慢，到時候連人帶馬都會喪命。

『見死不救的話，可能會一輩子良心不安。唉！如果沒有遇到她就好了！』他這麼想的時候，剛好與瑪琳錯身而過。

『嗷嗚！』瑪琳聽到狼嚎時已經太晚了，她尖叫一聲站在原地，不知所措的高舉著雙手。

海德人確定自己已經脫險，又突然勒住韁繩，要馬兒回頭。他駕著馬車回到瑪琳身邊說：『快點上來！你怎麼不乖乖待在家裡？為了你，我跟馬都活不了了。我的馬已經累壞了，再加上你的重量……』說著說著，野狼已經追過來了。

『我們完了！』

『你為什麼不扔掉那些桶子？明天再回來撿不就好了？』瑪琳說。

『咦！』海德人馬上把韁繩交給瑪琳，開始扔桶子。

瑪琳又接著說：『如果這樣還不行，我會自己去餵狼，不會拖累你的。』

『呵！堂堂男子漢要一個老太太來救我？』海德人正準備把最大的一個啤酒桶推落，突然笑起來說：『有辦法了！等一下我跳下去，你千萬不要回頭，用最快的速度趕到村莊，請人來救我。』

說完，他就把大木桶往冰上推，看見狼來了，馬上躲進去，把自己倒扣在木桶裡。餓狼一起撲向木桶，叫著、啃著，大木桶卻不動如山，他在桶子裡輕鬆的躺著，對自己說：『從今以後，不管遇到什麼困難，一定要想起這個大桶子。只要願意想辦法，一定可以找到出路。』」

尼爾斯聽完故事後，歪著頭問巴塔基：「你為什麼跟我說這些？」

「剛好在這裡，就想起這個故事。」

巴塔基沿途又講了兩個故事，聽起來都有弦外之音，尼爾斯忍不住又說：「你講這些幹麼？你到底想說什麼？」巴塔基這才停下來說：「我想問你，你到底知不知道小矮人說把你變回人的條件是什麼？」

「知道啊！就是讓馬丁順利的飛到拉普蘭，再平安的回到斯科納。」

「你最好再去問一問阿卡。你應該不知道，她曾經親自去找過小矮人。」

「她沒提過。」

「她大概說不出口吧！畢竟跟馬丁比起來，她還是比較疼你的。」

「你什麼意思？巴塔基，你把話說清楚。」

「老實告訴你吧！小矮人說如果你能把馬丁送回家，讓你媽媽親手宰了他，你就可以變回人了！」

「說謊！」尼爾斯站起來吼著：「你說謊！太可惡了！我不相信！」

「你自己去問阿卡，」巴塔基看著天空說：「他們來了！我只想提醒你，別忘了我說的故事，遇到問題要想辦法，只要有心，一定可以找到出路的。」

37. 巧遇

十月五日 星期三

第二天，尼爾斯趁著阿卡獨處的時候，問了她巴塔基說的是不是真的？想不到阿卡竟然默認了。尼爾斯請她千萬不能讓馬丁知道這件事，否則重義氣的馬丁，可能會為了尼爾斯犧牲自己。

「達拉納到了……東達爾河到了……這是胡爾孟德湖……西達爾河……」小雁沿途大喊著，尼爾斯卻悶悶不樂，連往下看一眼的念頭都沒有，此刻的他跟剛剛踏上歸途時，興高采烈的心情截然不同。

當天他們就已經進入韋姆蘭省，隔天又沿著克拉爾河飛往大鋼鐵廠。晚上，雁鵝在窪地休息，尼爾斯想找個溫暖一點的地方過夜，便獨自走出窪地，往剛剛看到的莊園走去。

經過一條長滿樺樹的林蔭大道後，一座靜謐的莊園出現在眼前。尼爾斯走進寬廣的後院，望見一排排紅色的房屋，再穿過後院來到前院。主人居住的宅邸並不大，四周長著高大且茂盛的花楸(ㄑㄧㄡ)樹，黃色的花楸樹上掛著大串的紅色果實，形成一道天然屏障。銀白色的月光灑在草坪上，好似一匹從天上飄落的白絲綢。

院裡空無一人，尼爾斯漫無目的的走著，走著走著，走進了花園。園裡結實纍纍，有一串串的紅漿果、醋栗、覆盆子、薔薇果、甘藍和蕪菁，他突然眼睛一亮，小徑旁邊，有一顆紅通通、鮮豔欲滴的大蘋果。

尼爾斯一個箭步跑去，摘下了大蘋果，用小刀一小塊，一小塊的切著，他邊吃邊想：「如果每天都可以找到這麼多食物，當一輩子的小人兒也沒什麼不好。」

尼爾斯想起幾天前，他跟馬丁是多麼的興奮啊！馬丁邊飛邊說：「終於不必再漂泊了，回家後我要讓丹芬跟孩子們過上好日子。」尼爾斯也拍著胸脯說：「沒問題！我一定給你們吃最棒的食物，喝最乾淨的水。」

「唉！」他嘆了口氣想：「當時說得斬釘截鐵，現在怎麼跟他說我不回去了？乾脆找個地方躲起來，像松鼠一樣過冬算了。」後面突然傳來一陣聲響，尼爾斯回頭一看，一隻貓頭鷹從暗處飛來，迅速的抓著他的肩膀，尖嘴直接啄向他的眼睛。

「救命啊！救命啊！」尼爾斯護著雙眼大叫。

一位正在散步的女士聞聲趕來，她愣了一下，非但沒有被眼前的景象給嚇跑，反而挺身而出，救了尼爾斯。

這位髮絲斑白的女士是位女作家，也是這座莫爾巴卡莊園[4]的前屋主。自從父親過世後，莊園已經轉手他人。她很久沒回來了，非常想念家鄉。尤其她在一年前，受邀為孩子寫一本介紹瑞典的書籍，卻一個字都寫不出來。腸枯思竭的她，終於決定回來散心。

為了不打擾現任屋主，她選擇在夜間回來。當她走在熟悉的街道，看著昔日的一草一木，想起父親在世時的身影，還有家人的一顰一笑，心裡感慨萬千。她記得父母在世時，莊園裡有一大群鴿子。想不到她才走到路口處，就飛來一群鴿子——這個時候是不該有鴿子的，牠們應該待在窩裡睡覺。

「一定是爸爸派來迎接我的！」女作家高興的對鴿子說：「我在異鄉

4 作者拉格洛夫得到諾貝爾獎後，已經買回故居，現為紀念館。

漂泊夠久了！請幫我去問問爸爸，能不能幫我安排一下，我好想回來！」話才說完，她就聽到尼爾斯的求救聲。

她畢竟是寫神話故事起家的，當她見到這麼小的小人兒，不但一點都不害怕，還兩眼發光，興味盎然的跟尼爾斯聊了很久，她對尼爾斯的遭遇十分好奇，問東問西，聽得津津有味。

「怎麼會有這樣的事？我的運氣實在太好了！我終於知道要寫什麼了！」女作家在心裡默默的感謝父親，她知道這一切都是他幫的忙。

38. 海島寶藏

十月七日　星期五

雁群離開韋姆蘭之後繼續往南飛，小雁沿途已經不再叫苦連天，尼爾斯的心情也逐漸平復了。他跟女作家雖然素昧平生，但是與她談話的過程很愉快，她給了尼爾斯很大的鼓勵與安慰，她告訴尼爾斯，她不知道如何才能讓他恢復原狀，但是只要他像以前一樣，憑著良心做事，一定會善有善報。

「馬丁，你有沒有想過？」尼爾斯坐在馬丁的背上說：「經過這樣的旅行，我們還能乖乖的待在家裡嗎？應該會覺得很無聊吧！我看，我們還是別回去了，繼續跟著阿卡他們吧！」

「胡說什麼！」馬丁氣呼呼的說：「你不是也很想家？」

馬丁整個夏天都在想，當自己帶著丹芬跟六隻小雁從天而降，出現在老家的院子時，那一刻會有多麼的驕傲！他要讓家裡的鵝、雞、牛、貓，還有女主人看看——他不但完成艱困的旅程，還攜家帶眷凱旋歸來。

這一天，他們休息了好幾次，因為所到之處都是收割過的田地，滿地的食物讓他們流連忘返。直到夕陽西下，他們才進入達爾斯蘭。達爾斯蘭西北部的風光比韋姆蘭還要迷人，尼爾斯又忍不住說：「馬丁，想想看，以後都再也見不到這麼美的景色了，難道你不覺得可惜嗎？」

「跟這些貧瘠的山坡相比，我更喜歡南部肥沃的平原。」馬丁停頓了一下，又說：「不過，如果你堅持要繼續旅行，我還是會陪著你的。我說過，我是不會離開你的。」

「我就知道！」尼爾斯摟著馬丁說。

當晚，雁群在一個石島上過夜。到了午夜時分，明月高懸之際，阿卡喚醒了伊克西與卡克西、庫爾枚跟娜莉葉、維西和庫西，最後用嘴巴碰了碰尼爾斯。「出了什麼事？」尼爾斯驚慌的爬起來。

「沒什麼大事，我們這七個年紀大的，想趁著夜裡到海上去一趟，你要不要一起來？」阿卡說。

尼爾斯乖乖的爬上她的背，他們一路往西，飛過島嶼，越過寬闊的海面，到達離海岸最遠的維德爾群島。月光下的島嶼陡峭不平，兩側被海水沖刷得非常光滑，阿卡降落在最小的一座石島上。那是一塊高低不平的花岡岩，中間有一條很寬的裂縫，裡面積滿了被海水沖上來的細沙跟貝殼。

尼爾斯滑下阿卡的背，還沒站好，就看到高爾果從旁邊跳了過來，

「你到很久了嗎？」阿卡問。

「我是今天晚上才到的，其實你交代的事情，我並沒有辦好。」

「我相信你只是不想炫耀罷了，我先帶尼爾斯去找點東西。」阿卡看

著尼爾斯說：「很多年前，我們在遷徙途中遇到了風暴，狂風將我們捲到這裡來，在這裡停留了好幾天，肚子餓得不得了，就到處亂挖，結果一根草都沒挖到，卻發現幾個埋在土裡的袋子。我們費了九牛二虎之力才把袋子扯開，袋子裡面竟然是閃閃發亮的金幣。金幣對我們一點用處都沒有，我們就把它們埋回土裡。我想請你挖挖看，確認那些金幣還在不在？」

尼爾斯跳進縫隙中，拿貝殼當鏟子，賣力的挖。挖著挖著，挖出了一個深坑，接著聽到金屬的聲音，果然挖到了一枚金幣。他繼續往更深的地方摸索，挖到更多金幣，「袋子已經爛掉了，我想金幣應該都還在。」

「好極了！把這個坑填好，別讓人發現任何痕跡。」

尼爾斯照著阿卡的指示，把金幣藏好，又把坑填好。一切都弄好後，阿卡就領著六隻雁鵝，鄭重的向他走來，對他一次又一次的點頭鞠躬。尼爾斯嚇得趕緊脫帽回禮。

阿卡說：「我們幾個年紀大的商量過了，旅行期間，你幫了我們很多忙，我們應該給你報酬才對。」

「不！千萬別這麼說，我沒有做什麼，該說謝謝的是我！謝謝你們一路的照顧。」

「如果你不是跟著我們旅行，而是去農場打工的話，他們一定會付你薪水的。」

阿卡繼續說：「我們一致認為，一個人在旅途中與我們結伴而行，當他要離開時，總不能讓他兩手空空的走。」

「要不是跟著你們，我都不知道自己以前多麼糟糕。跟著你們這一年，我學到的東西比金銀珠寶更珍貴。」

「這些金幣放在這裡這麼多年，肯定早就沒有主人了，你可以拿去。」阿卡說。

「這不是你們自己要的嗎？」

「沒錯，是我們要付給你的酬勞，讓你回家以後，可以交代這一年的行蹤，你可以告訴爸爸媽媽，說這是你幫人放鵝賺來的錢。」

尼爾斯低下頭說：「我都還沒辭職，你就要付我薪水，把我趕走。」

「傻孩子，我只是想先讓你知道這個藏寶處。只要我們還在瑞典，你都可以待在我們身邊。」

「既然這樣，我就不客氣了！」尼爾斯抬起頭，笑著說：「我想跟你們一起去國外，沒問題吧？」

在場的雁鵝面面相覷，「我們當然很歡迎！」阿卡又說：「只是，你在做決定之前，應該先聽聽高爾果怎麼說。我請他去你家一趟，想辦法跟小矮人溝通，希望小矮人高抬貴手，給你一個比較有利的條件。」

「阿卡媽媽，我真的讓妳失望了，」一旁的高爾果說：「我在尼爾斯他家上方盤旋了兩三個小時，終於等到小矮人。我看他走出來，馬上撲上去，把他抓到一個偏僻的地方，我跟他說明來意後，他竟然說：『聽說他在旅程中表現得很不錯，但是我無能為力。』我一聽火就上來了，我警告他如果他不讓步，我就挖了他的眼睛。

想不到他竟然說：『你可以試試看。』接著又說：『讓尼爾斯恢復原狀的條件不變，但是你可以告訴他，他最好趕快帶著白鵝回來。他爸爸幫人作保，背了一大筆債。為了還債，他爸爸又去借錢買了一匹馬，結果馬剛牽回家就跛了。總之，告訴尼爾斯，要回家就快一點，他爸媽已經賣掉兩頭牛了，再這樣下去，他們就只能搬家了。』」

尼爾斯握著拳頭說：「小矮人實在太苛刻了，為什麼一定要犧牲馬丁呢？我是不可能背叛馬丁的。爸爸媽媽都是正直的人，他們一定不願意我昧著良心做事。」

39. 回家

十一月八日　星期二

在過去的幾個星期中，雁群都待在西約特蘭省的平原上，與其他雁群共度了一段歡樂時光。當雁群進入斯科納，尼爾斯的心情就開始起伏，進入故鄉西威門赫格後，更是百感交集。他已經決定不回家了，但打從他看到故鄉的第一道河堤後，他便歸心似箭了。

這一天，雁群停在教堂附近的原野午休，阿卡走到尼爾斯的身邊說：「這幾天，天氣都很穩定，我們明天就要飛越波羅的海了。」

尼爾斯一聽，喉嚨就哽住了，他還是希望可以回家，可以變回人啊！

「你應該很想家吧！你還是回去看看你的父母吧！下次不知道還要多久才能回來。」

「還是不要吧！」

「馬丁留在這裡很安全，你回去看看，或許能幫上一點忙。」

「……對呀！我怎麼沒想到。」

阿卡載著尼爾斯停在他家附近的石牆上，尼爾斯從她的肩上滑下來，看著四周說：「一切都沒變。好像我昨天才離開一樣。」

「你爸爸有沒有獵槍？」阿卡四處張望著。

「有，他有。」

「那我就不在這裡等你了，你在家裡住一晚，明天早上再到海邊跟我們會合。」

「阿卡，」尼爾斯不知道為什麼，急著叫住她，「雖然我因為不能變回人類而痛苦，但我從不後悔跟著你們旅行。即使沒辦法變回人，我也不後悔。」

阿卡深呼吸一口氣後說：「有件事我一直想跟你說。」

「你說，阿卡，你說什麼我都聽。」

「你跟我們旅行了一年，應該知道動物要生存有多麼的不容易。我們一生都被人類追逐，你們有一個這麼大的國家，如果可以把一些島嶼、湖泊跟沼澤，把幾座高山跟森林留給我們，讓我們有個安身之處，那就太好了。」

「如果我能幫助你們，我一定去做。只是，我沒有這麼大的能力。」

「不說了，說得好像我們永遠不會再見一樣。」阿卡又說：「反正我們明天還會再見，我先走了。」阿卡飛走了，卻很快又調頭回來，停在尼爾斯身邊，用嘴蹭了蹭他，才滿意的離去。

尼爾斯進了自家院子，雖然是大白天，院子卻只有他一個。他跑進牛棚，見到五月玫瑰正低著頭發呆，前面的草一根都沒碰。

「你好，五月玫瑰！」尼爾斯跑向她說：「我爸媽還好嗎？雞、貓、鵝，大家都好嗎？」

五月玫瑰聽到尼爾斯的聲音，馬上繃緊了神經，揚起了牛角。她仔細的看著尼爾斯，他還穿著離家那天的衣服，個子雖然變得很小，但是從他說話的語氣，走路的姿態與真摯的眼神，可以知道這個孩子不一樣了。

「哞！」五月玫瑰叫道：「你回來了！大家都說你變了一個人，我本來還不相信，現在看來，你真的變乖了。我真高興！」

「謝謝你，請快點告訴我家裡的情況。」

「唉！自從你走了以後，你爸爸媽媽就沒有一天快樂過。你爸爸不但背了一大筆債，新買的馬又瘸了，最後只好把星星跟百合賣了。」五月玫瑰想起她的兩個同伴說。

「馬丁飛走後，媽媽應該很生氣吧？」

「她如果知道是他自己飛走的，還不會這麼難過。她以為你不但逃家，還偷了馬丁。」

「她竟然以為是我偷走了馬丁？」

「不然她能怎麼想呢？」

「他們大概以為我像流浪漢一樣四處遊蕩。」

「他們很擔心你，天天都為你流淚禱告。」

尼爾斯低頭不語，過了一會兒才抬起頭來說：「我去看看那匹馬。」

他走進馬廄，對新來的馬說：「聽說你的腳受傷了，能不能告訴我，你是怎麼了？」

那馬看著尼爾斯說：「你是主人的兒子嗎？我聽了很多你的壞話，要不是知道你被變小了，我很難相信你就是他們口中那個壞蛋。」

「我以前真的很糟，連媽媽都以為是我偷走家裡的鵝。沒關係，反正我很快就要離開了，在我走之前，你能不能告訴我，你是哪裡受傷了？」

「你不留下來？那實在太可惜了！我還滿喜歡你的。」馬兒抬起腳說：「有東西扎到腳了，一個尖尖的東西，扎得很深，連醫生都找不到。如果幫我治好，我一定會賣力的工作。」

「還好不是生病。扎到腳是小事，讓我來吧！我在你的蹄子上刻點字沒關係吧？」尼爾斯使勁的在馬蹄上刻字，才剛刻好，就聽到爸爸媽媽的聲音，尼爾斯馬上衝去門邊，趴在門縫往外看。他們剛從外面回來，兩人都老了很多，一臉的憂心忡忡。

「我寧可把房子賣了，都不想再借錢了。」爸爸說。

「我並不反對賣掉房子。但是如果哪天尼爾斯回來了，連個家都找不到，你叫他怎麼辦？」媽媽說。

「是這樣沒錯。不過，我們可以請新的屋主轉達，告訴他我們家的大門永遠為他開著。只要他回來，我一句罵人的話都不說，只會張開雙臂歡迎他。」

「對！我們只問他有沒有挨餓受凍，其他的都不要說。」媽媽一邊說，一邊跟著爸爸進屋。

尼爾斯聽到爸爸媽媽還這麼愛他，好想衝過去緊緊的擁抱他們，卻又想著：「他們看到我這樣子，只會更傷心。」

這個時候，有人來了，一輛馬車停在門口。來的竟然是奧薩跟她父親，他們手牽著手走向他家的院子，奧薩突然拉住爸爸說：「爸爸，千萬別提木鞋跟雁鵝的事情，也不要說有個很像尼爾斯的小人兒。」

「放心，我只會說你在旅途中，得到他們兒子很多的幫助。現在我有能力了，希望能夠報答他們。」

尼爾斯看著他們進屋，很想去聽聽他們說了什麼，又不敢冒險。過了一會兒，奧薩跟她父親告辭了，尼爾斯看著爸爸媽媽出門送客，他們的臉上洋溢著光彩，好像重獲新生。

他們站在門口目送客人離去，媽媽說：「聽到兒子做了這麼多好事，就不用傷心了！」

「他真的做了這麼多好事嗎？」

「人家都特地來道謝了，你還不相信嗎？他們既然願意幫助我們，你為什麼不肯接受？」

「我不想再借錢了，更不可能白白拿別人的錢。我們都還能動，要靠自己的力量把債務還清。」爸爸深呼吸一口氣，挺起胸膛說：「以前是因為尼爾斯不見了，我沒有心思工作。現在知道他還活著，而且活得很好，我就放心了！等著瞧吧！我很快就能把債務還清。」

「沒錯，我們一定做得到。」媽媽說完，轉身進屋。爸爸卻往馬廄走來，尼爾斯趕緊躲進角落。他看著久違的爸爸，在心裡吶喊著：「爸爸，爸爸！看看馬蹄！看看馬蹄！」

爸爸每天都會來看馬，每次都會拍拍馬背，看看馬蹄。當他抬起馬蹄時，驚訝的說：「這是什麼？拔出腳上的鐵……」他驚訝的看了看四周，又抬起馬蹄仔細的看著，摸著……果然有一塊尖尖的東西。

正當父親努力的想幫馬兒拔出尖刺時，馬丁竟然帶著丹芬跟六隻小雁飛進了院子。

馬丁一到老家附近，就再也忍不住了。他一定要回來讓老朋友看看，他不但跟著雁鵝遠征拉普蘭，還娶妻生子。他還想讓妻小見識一下，他以前過得有多好。

馬丁帶著妻小在院子裡悠哉的走著、逛著，「我一定要讓你們看看，這裡跟野地或沼澤完全不一樣。」當他發現牛棚的門沒關，就在門口張望了一會兒說：「裡面沒人，走！鵝窩就在裡面，我們進去看看。別怕！沒事的！」

「我以前就住在這裡，這是我的窩，那邊是食槽跟水槽，你們看，裡面還有燕麥。」馬丁說完，就大口的吃了起來。

「我們還是出去吧！」丹芬說。

「沒關係，再多吃幾粒……啊！」馬丁叫著衝向門口，大門已經關起來了，女主人從外面把門鎖住了。

媽媽從牛棚跑進馬廄，跟爸爸說：「快來看我抓到什麼了？」

爸爸拿著剛拔出的鐵片說：「你看！我找到馬的毛病了。」

「太好了！一切都要好轉了！」媽媽說：「走失的馬丁不但回來了，還帶著七隻雁鵝鑽進窩裡，他一定是跟著野雁飛走的。我已經把他們關起來了。」

「我們都錯怪尼爾斯了。」

「沒錯！」媽媽又接著說：「明天就是聖馬丁節5了，我們現在就去把鵝宰了，到市場賣個好價錢。」

「馬丁帶著一群鵝回來，我們如果把他們宰了，就太沒良心了。」

「我也知道，但是我們都準備搬家了，哪還有能力照顧他們？」

「唉！說得對。」

「過來幫我把他們抓進屋裡。」

尼爾斯著急的追到院子，爸爸兩隻胳臂夾著馬丁跟丹芬，已經準備進屋了。

「救命啊！尼爾斯！救命啊！」馬丁並不知道尼爾斯就在附近，但只要他遇到危險，就會喊尼爾斯的名字。

「救命啊！」丹芬尖叫著。

「救命啊！」小雁也在牛棚裡嘎嘎的叫著。

「砰！」爸媽把門關起來，馬丁的叫聲再度傳來：「救命啊！尼爾斯救命啊！」

尼爾斯的腦中閃過他跟馬丁相處的點點滴滴，他們一路相伴，一同面對的風雨，一起度過的危機，還有旅途中那些美好的時光……他再也管不了那麼多了，他直奔屋子，用力的敲門，「砰！砰！砰！」

尼爾斯邊哭邊吼：「住手！媽媽！住手！不能殺馬丁！你不能殺馬丁。」

「喀啦！」門開了，「尼爾斯！」媽媽驚喜的大叫，抱著他又親又吻的說：「你回來了！你終於回來了！」

5 每年十一月十一日是歐洲的聖馬丁節，各國慶祝方式不同，德國是兒童提燈籠遊行，瑞典要吃烤鵝大餐，不過，只有西部與斯科納才會慶祝。

「尼爾斯！」爸爸激動的走過來，一句話也說不出來。

尼爾斯呆呆的站在門口，不知道發生了什麼事。

「感謝上帝，你終於回來了！快點進來！」

媽媽拉著他進屋的時候，他才驚喜的叫了起來：「爸爸、媽媽，我長大了，我又變成人了！」

40. 告別

十一月九日　星期三

隔天一大清早，天才矇矇亮，尼爾斯就獨自來到海邊，出門前他還去叫了馬丁，但是馬丁好像很疲倦，就不勉強他了。

跟雁鵝旅行近一年的時間，尼爾斯已經學會看天氣了，他看著晴朗的天空想：「阿卡他們今天要飛越波羅的海，應該會風平浪靜，一路順風。」他邊走邊想，恍恍惚惚，一會兒覺得自己是人，一會兒又覺得自己還是拇指大的小人兒，忍不住左顧右盼，擔心背後隨時會有動物偷襲。走著走著，他忍不住笑開懷，終於確定自己長高長壯，不必再擔心被偷襲了。

他來到海邊，站到岸上去，他要讓阿卡他們看看自己變成人的樣子。天空不時傳來鳥叫聲，他笑著想：「沒有人像我一樣，聽得懂小鳥的話。」今天又是個大遷徙的日子，候鳥一群接一群不斷的叫著。

他站在海邊看著一群又一群的雁鵝，突然有一群飛來，叫得最響，飛得最快，他想：「這一定是阿卡他們。」但是他又無法確定。雁群放慢速度，在岸邊徘徊。他不懂他們為何不降落？他們不可能沒有看到自己啊！他仰頭叫著：「你在哪裡？我在這裡。」卻發不出正確的聲音，他聽到阿卡的聲音，卻聽不懂她在說什麼。「這是怎麼回事？」他摘下帽子邊跑邊喊：「你在哪裡？我在這裡。你在哪裡？我在這裡。」

雁鵝嚇得突然拔高，飛走了。「他們認不出我了！」尼爾斯跌坐在地上，摀著臉哭了起來，「嗚嗚……他們認不出我了！」

過了一會兒，「噗！噗！」一陣拍翅聲，阿卡來了。

尼爾斯怕嚇跑她，動也不動的坐在那裡，淚眼汪汪的看著阿卡。

阿卡慢慢的繞著他飛，靠近一點，再近一點，再近一點，終於認出他來了。阿卡終於停在他身旁。「阿卡！」尼爾斯高興的摟著她，把她抱在懷裡。阿卡用嘴摩擦著尼爾斯，其他的雁鵝都來了，紛紛圍著尼爾斯蹭來蹭去，嘎嘎的叫個不停，尼爾斯也滔滔不絕的說著，大家七嘴八舌、各說各話。

突然，雁鵝全部安靜下來，紛紛往後退，好像突然想起了他是人類。尼爾斯慢慢站起來，輕輕的撫摸阿卡，接著是伊克西跟卡克西，庫爾枚和娜莉葉、還有維西和庫西。最後，才緩緩的往後退，朝岸上走去。他知道鳥類的悲傷不會太久，他希望趁他們還為自己悲傷的時候，離開他們。

雁鵝的叫聲在他身後響起，尼爾斯回頭望著一群又一群，準備飛越大海的雁鵝。雁鵝斷斷續續的叫著，此起彼落相互呼應，只有一群默不做聲，尼爾斯依依不捨的看著他們，看著那頭領頭雁，看著那排列整齊的隊伍，看著他們強而有力的振翅，最後以輕快的速度朝遠方飛去。

尼爾斯仰望天際目送他們，直到再也見不到他們的身影，還遲遲不肯離去。他多希望自己還是那個拇指大的小人兒，在這樣一個晴朗的日子裡，騎著雁鵝去旅行。

那一刻，他彷彿置身高空，耳邊又傳來雁鵝的聲聲呼喚：「你在哪裡？我在這裡。你在哪裡？我在這裡……」

XBSY0054
騎鵝歷險記

原　　著｜賽爾瑪．拉格洛夫 Selma Lagerlöf
插　　畫｜伊凡．杜克 Yvan Duque
改　　寫｜施養慧

字畝文化創意有限公司
社　　長｜馮季眉
責任編輯｜巫佳蓮
編　　輯｜戴鈺娟、陳心方
美術設計｜張簡至真
出　　版｜字畝文化創意有限公司
發　　行｜遠足文化事業股份有限公司
地　　址｜231 新北市新店區民權路108-2號9樓
電　　話｜(02)2218-1417
傳　　真｜(02)8667-1065
電子信箱｜service@bookrep.com.tw
網　　址｜www.bookrep.com.tw

讀書共和國出版集團
社長｜郭重興　發行人｜曾大福
業務平臺總經理｜李雪麗　業務平臺副總經理｜李復民
實體通路協理｜林詩富　網路暨海外通路協理｜張鑫峰　特販通路協理｜陳綺瑩
印務協理｜江域平　印務主任｜李孟儒

法律顧問｜華洋法律事務所　蘇文生律師
印　　製｜中原造像股份有限公司

2022 年 5 月　初版一刷　　定價：450 元
2023 年 1 月　初版二刷
ISBN 978-626-7069-49-3　書號：XBSY0054

國家圖書館出版品預行編目（CIP）資料

騎鵝歷險記／賽爾瑪．拉格洛夫（Selma Lagerlöf）原著；施養慧改寫；伊凡．杜克（Yvan Duque）繪．-- 初版．-- 新北市：遠足文化事業股份有限公司字畝文化出版：遠足文化事業股份有限公司發行，2022.05，432 面；14.8×21 公分
ISBN 978-626-7069-49-3（平裝）
876.59　　111001128